Geh mal zur Seite, Kleiner

© 1988 Hermann-Josef Emons Verlag
Alle Rechte vorbehalten
Umschlaggestaltung: Atelier Grafik Design Josef Schaller, 5000 Köln 1
Umschlaglithografie: Klaus Iller, 5000 Köln 60
Satz: Knipp EDV-gesteuerter Lichtsatz, 5802 Wetter 2
Druck und Bindung: Überreuter Buchproduktion, A-2100 Korneuburg
Printed in Austria
ISBN 3-924491-17-8

PETER MEISENBERG

GEH MAL ZUR SEITE, KLEINER

GESCHICHTEN AUS DEM HALBSCHATTEN

EMONS

Den Kölner Boxern gewidmet

INHALT

Nettchen

Der Großteil sandelt dann dahin, die verkommen auf den Straßen. Ich hab ein Glück, daß mich die Herta vom Strich weggebracht hat, sonst würd ich heute noch gehen. Die Herta hat mich als Serviererin angestellt. Sie hat gesagt: »Mizi, horch, scheiß auf die Hackn. Schau, was willst du noch verdienen? Millionen?« »Blöde Sau«, hat sie gesagt, »du schiebst dir einen Beutel eini und hast einen Dreck!« Wenn ich die Herta nicht hätte, ich würde wahrscheinlich auch versandeln.

Mizi

Sie weiß, was los ist. Wußte es, bevor er zur Tür hereinkam. Sie liest ein paar Flusen vom Teppichboden auf. Geht auf und ab im engen, von Fernseher, Schrankwand, Couch, Sessel und Beistelltischchen überfüllten Wohnzimmer. Zupft ein paar weiße Plastikrosen in einer Vase auf dem Fernseher zurecht. Sie weiß es schon lange und wollte es nicht wahrhaben. Er sitzt jetzt im Sessel. Steif hockt er auf der Kante, schweigt, beide Hände um die Knie geklammert. Sie schweigt ebenfalls. Könnte auch nichts sagen. Ihre Kehle ist taub, vereist. Der Kopf dröhnt ihr. Sie unterbricht ihre Wanderung durchs Wohnzimmer, setzt sich ihm gegenüber auf die Couch, zupft im Sitzen noch ein paar Staubflöckchen vom Boden, um ihm nicht ins Gesicht sehen zu müssen.

»Nett!« sagt er.

Sie schaut nicht auf.

»Nett, ich muß dir weh tun.«

Sie hatte es gewußt.

»Nett!«

Sie blickt immer noch nicht auf und ist froh, daß sie das Schluchzen unterdrücken kann. Es gibt keine Szene. Keinem ihrer Männer hat sie je eine Szene gemacht, selbst nicht, wenn sie betrunken war.

»Nett, ich hab 'ne andere.«

Sie nickt stumm.

»Dat haste doch gewußt, oder?«

Natürlich hatte sie es gewußt. Aber sie hatte nicht gewußt, was sie dagegen hätte tun können. Eigentlich war es klar. Sie ist fast sechsundfünfzig, er mehr als zehn Jahre jünger. Und Geld bringt man in ihrem Alter, in diesem Beruf auch nicht mehr viel nach Hause. Ihr Stenz war er ohnehin nie gewesen. »Behalt deine paar Groschen«, hatte er immer etwas abschätzig gesagt. Er hatte Arbeit und es nicht nötig, sich von einer alternden Hure aushalten zu lassen.

Während sie auf der Couch sitzen bleibt und versucht, den Kloß in ihrem Hals herunterzuschlucken, ohne daß ihr dabei Tränen in die Augen treten, beginnt er nebenan im Schlafzimmer seine Hemden und Hosen aus dem glasverkleideten Schrank in einen Koffer zu packen.

Dreiundzwanzig Mark brachte die Arbeit am Fließband bei Stollwerck ein. In der Woche. Die Mädchen neben ihr am Band waren froh, daß sie überhaupt Arbeit hatten. Und dreiundzwanzig Mark in der Woche waren 1949 zumindest soviel Geld, daß man davon die Miete bezahlen, etwas zu essen kaufen und vielleicht wenn man überhaupt dran kam – den einen oder anderen Meter Stoff an Land ziehen konnte, um sich etwas daraus zu nähen. Sie konnte nicht nähen. Und sie haßte diese zusammengeschusterten Kleidchen, mit denen ihre Freundinnen samstagsabends ins *Bloomekörvje* zum Tanzen kamen. »Ich sehe doch nicht schlecht aus!«, sagte sie zu ihrer Mutter, mit der zusammen sie in der Zwirnerstraße eine Zweizimmerwohnung teilte. »Was soll ich dann mit so zusammengestoppelten Pluuten rumlaufen?« Die Mutter sagte nichts. Nettchen bürstete vor dem Spiegel ihren rotgefärbten Pony glatt und lächelte sich an.

An einem warmen Juniabend, sie hatte sich nach Feierabend umgezogen, den Pony gekämmt, Lippenstift aufgelegt, stand sie in der Zwirnerstraße vor der Haustür und wartete darauf, daß Heidi vorbeikäme.

Heidi war die einzige unter ihren Schulfreundinnen, die nicht in die Fabrik ging. Heidi, munkelten die anderen, Heidi ging »anschaffen«. Nettchens Vorstellung davon, was »anschaffen« bedeutete, war sehr verschwommen. Es schwang etwas Verworfenes mit, wenn vom »Anschaffen« die Rede war. Klar war ihr nur, daß Heidi keine selbstgenähten Kleider trug und nicht in die Fabrik ging.

»N'abend Heidi!«

»Ach, Nettchen. Haste auf mich gewartet?« Die andere hatte die Situation sofort erfaßt.

»Nee. Ich wollt nur mal wissen, wie es dir so geht?«

»Du wolltest wissen, wo ich anschaffen gehe!«

Nettchen wurde ein wenig verlegen, druckste herum.

»Ich weiß gar nicht, was das überhaupt ist«, sagte sie schließlich.

»Dann komm doch mal mit!«

Der *Tauzieher* in der Holzgasse, an der Ecke zur Rheinuferstraße, war ein Hafenlokal. Seinen Namen hatte er von der in den 20er Jahren gegenüber, am Eingang zum Rheinauhafen installierten Stein-Skulptur entliehen. Arbeiter, Matrosen und Soldaten verkehrten hier. Und leichte Mädchen. Heidi stellte dem Wirt und den anderen Mädchen die neue Kollegin vor. Daß es eine neue Kollegin sein würde, war an diesem Sommerabend sofort allen klar. Sie saßen am Tisch, erzählten. Eine halbe Stunde später kam der Wirt zu den beiden, sagte, zwei Herren dort hinten an dem Ecktisch würden sie gerne zu etwas einladen.

»Komm mit«, sagte Heidi.

Nettchen genierte sich. Wurde rot. Bekam den Mund nicht auf.

»Was soll ich denn machen?« flüsterte sie der andern zu, nachdem das unzweideutige Angebot von den Herren schließlich ausgesprochen war.

»Mach immer das, was ich tue«, sagte Heidi, die Kollegin.

Das Nachbargebäude des *Tauzieher*, ein langgestreckter Flachbau, beherbergte in den Jahren nach dem Krieg ein Dunlop-Reifenlager. Da Autoreifen zu der Zeit rar waren, gab es einen Nachtwächter im Lager. Mit dem war Heidi ins Geschäft gekommen. Drei Mark nahm er für einen Besuch Heidis mit einem Kunden und dafür, daß er ihr ein ruhiges Plätzchen zwischen zwei Reifenstapeln zur Verfügung stellte.

Zweimal an diesem Juniabend ging Nettchen mit einem Gast aus dem *Tauzieher* nach nebenan ins Reifenlager. Zehn Mark in zwei Stunden, Trinken frei! Es war kein großes Kunststück sich auszurechnen, wieviel mehr mit dem »Anschaffen« zu verdienen war als in der Fabrik, und es überkam sie ein schummriges Glücksgefühl bei der Vorstellung, wieviel Kleider, Schuhe, Blusen und Röcke sie sich würde kaufen können von all dem Geld, das es im *Tauzieher* zu verdienen gab. Jeden Abend, gleich nach Feierabend, zog sie sich um, machte sich fein und ging aus, wie sie der Mutter sagte.

»Du siehst arg mitgenommen aus«, sagte die Mutter nach drei Wochen.

»Das ist das frühe Aufstehen«, sagte Nettchen. »Übrigens, hier haste fuffzig Mark, hab ich gestern auf der Straße gefunden.«

Mißtrauisch nahm die Mutter den Schein. Noch mißtrauischer betrachtete sie im frühen Herbst den neuen Pelzmantel, den Nettchen sich zugelegt hatte.

»Hast du schon wieder Geld gefunden?«

»Nee. Ich hab was zurückgelegt, der alte Mantel war richtig durch, das haste doch gesehen. Den hier hab ich für ganz kleine Maus gekriegt.«

Zweihundert Mark hatte er gekostet, mehr als einen Wochenverdienst im *Tauzieher*. Aber der alte war wirklich nicht mehr zu gebrauchen gewesen. Anders als Heidi konnte sie es anfangs nämlich nicht im Stehen. Also hatte sie ihren Mantel im Reifenlager immer auf den Boden gelegt, um darauf ihre Kunden zu bedienen. Dem Mantel war das natürlich nicht bekommen.

Anfang November wußte die Mutter es dann doch. Der Nachtwächter des Reifenlagers war aufgeflogen mit seinem Nebenverdienst, und so mußten die Mädchen aus dem *Tauzieher* mit ihren Kunden ins nächste Hotel.

»Was hab ich da gehört?« sagte die Mutter.

»Was denn, Mama?«

»Die Wiehls von nebenan haben dich gesehen, wie du mit einem Kerl vorm *Tauzieher* in ein Taxi gestiegen bist. Und eine halbe Stunde später haste wieder beim *Tauzieher* vor der Tür gestanden!«

Nettchen schwieg.

»Jetzt weiß ich, warum du so schlecht aussiehst: du gehst anschaffen!«

Nettchen hob den Blick vom Boden und sah der Mutter ins Gesicht.

»Gut Mama, daß du es jetzt weißt! Ich hätt es selbst nicht übers Herz gebracht.«

»Du bist alt genug, um zu wissen was du tust«, sagte die Mutter. »Ich find das zwar nicht gut, aber von mir aus kannste hier wohnen bleiben. Nur Kerle, die bringste mir nicht mit nach Haus!«

Am nächsten Tag ging Nettchen nicht mehr in die Fabrik.

Es sind fast zwanzig Grad unter Null. Schon seit anderthalb Wochen ist es so kalt. Und es ist erst Mitte Januar. Der Winter ist noch lange nicht vorbei. Was das an Heizung kostet! Und das Geschäft ist so gut wie tot. Heute morgen ein einziger Kunde! Statt der verlangten dreißig hat er fünfzig Mark gezahlt. Weil sie nett zu ihm war. »Trinkste ein Täßchen Kaffee mit?« »Nee, brauchs nichts extra. Ich zieh mich auch so ganz aus.«

Fünfzig Mark Tagesumsatz! Damit kommt sie vielleicht auf die Miete und den Strom, das Essen ist da nicht mit gedeckt. Die verdammte Kälte. Da bleiben die Freier zu Hause. Trotzdem sitzt sie bis zum Ende ihrer Schicht am Fenster. Ihre Schicht, sie nennt es so, obwohl es hier im Stavenhof niemanden gibt, der sie kontrollieren würde, ihre Schicht hält sie ein wie eine pflichtbewußte Beamtin. Von morgens um zehn bis abends um acht. Jeden Tag, außer mittwochs, der Mittwoch ist ihr freier Tag, jeden anderen Tag sitzt sie hinter ihrem Fenster und wartet.

Heute abend nimmt sie kein Taxi, fährt mit der U-Bahn nach Hause, obwohl es so kalt ist. Morgen abend wieder. Morgen ist Dienstag, da kommen zwei Stammkunden. Wenn sie kommen, bei der Kälte.

Taxifahren, zweimal in der Woche zum Frisör, Essen nur aus dem Restaurant. Gewohnheiten aus einer Zeit, in der sie Geld einfuhr wie

Heu. Sie hat die Gewohnheiten beibehalten. Sie kann nicht kochen, kann nicht nähen. Den Haushalt hält eine Putzfrau in Ordnung, die zweimal die Woche kommt. Bis vor drei Jahren hat das die Mutter gemacht. Die liegt jetzt auf dem Südfriedhof.

Zu Hause ist es kälter als in dem Zimmer im Stavenhof. Die Zentralheizung schafft die extremen Temperaturen nicht. Sie fröstelt, stellt den Radiator im Wohnzimmer an. Im Fernsehen läuft nichts, was sie interessiert. Sie schaltet wieder ab. Dann ruft sie beim Chinesen an: »Chop Soey, wie immer, hol ich gleich ab.« Sie geht in den Flur, nimmt den Mantel von der Garderobe und zieht ihn über. Der Chinese ist schnell.

Die Zeit der großen Träume, Anfang der 50er Jahre, dauerte nicht allzulange. Jack, den Amerikaner, hatte sie im *Höchsten Punkt* kennengelernt, der ersten Nachtbar in Köln, in der Mariengartengasse. Sie feierten zusammen, schliefen zusammen in einer Pension, machten Pläne. Er wollte, daß sie mit ihm nach Kanada ging. Sie ließ sich die Papiere fertigmachen und sagte zur Mutter: »Nächstes Jahr kommst du uns besuchen!«

Jack, der Soldat, wurde nach Wiesbaden verlegt. Sie zog mit ihm. Anderhalb Jahre lebten sie dort. Die Auswanderungspläne lagen auf Eis. Dann zog Jack für sechs Wochen ins Manöver, irgendwo im Bayrischen Wald. Sie hatte keine Lust, alleine in Wiesbaden zu bleiben und ging mit ihm, quartierte sich in einer Pension ein. Abends kam Jack zu ihr. Sie hätte sich dort polizeilich anmelden müssen, tat es aber nicht.

»HWG-Personen« hießen damals bei der Polizei Frauen, die sich prostituierten: Personen mit häufig wechselndem Geschlechtsverkehr. Unter ihnen waren die »Ami-Bräute«, die mit Vorliebe verfolgten »Kriminellen« der »Gummijahre«. Wenn sie erwischt wurden, steckte man sie ins Zuchthaus. Nettchen wurde erwischt. In einer Bar kontrollierten Polizisten ihre und Jacks Papiere. Sie hatte sich nicht angemeldet, also war sie eine Ami-Hure. Das Jahr Zuchthaus machte sie im Landauer Frauenknast mit Drehen von Matratzenfedern ab.

Als sie raus kam, war Jack weg. Sie fuhr nach Köln, zu ihrer Mutter.

12

Der war das peinlich, denn sie hatte in den letzten Jahren voller Stolz überall erzählt, ihr Nettchen sei nach Kanada ausgewandert: »Der geht es vielleicht gut da!«

Jetzt wusch und bügelte sie die Röcke und Blusen ihrer Töchter und Nettchen ging wieder zum *Tauzieher*. Das Jahr Arbeitshaus in Landau, die von den Matratzenfedern geschundenen Hände hatten ihr die Lust an der Fabrikarbeit endgültig verleidet. Und schließlich war es ja kein schlechtes Geschäft im *Tauzieher*. Sie konnte sich Kleider kaufen, so viel sie wollte, konnte den Morgen in der Wohnung der Mutter in aller Ruhe damit zubringen, ihren roten Pony zu striegeln und die passende Sorte Rouge auszuprobieren. Es war wieder Sommer und an schönen Tagen standen die Mädchen vom *Tauzieher* vor der Wirtshaustür, weniger, um Kunden anzulocken, als vielmehr um die frische Luft und die Sonne zu genießen, das träge Fließen des Rheins zu beobachten und den wenigen Autos, die damals auf der Rheinuferstraße fuhren, nachzuschauen.

Eines Tages flezten sie und die anderen Mädchen sich wieder einmal in der Mittagssonne vor dem *Tauzieher*, zankten sich gerade darüber, wer von ihnen wo und zu welchem Preis die besten Nylons organisieren könne, als zwei Männer in den dunkelblauen Uniformen der Rheinuferbahn-Angestellten vorübergingen, und, die Hände in den Hosentaschen, ein paar anzügliche Bemerkungen in Richtung der Frauen losließen. Nettchen blieb eine passende Antwort im Halse stecken. Sie hatte die beiden erkannt. Es waren Arbeitskollegen ihres Vaters. Und auch die beiden hatten sie erkannt, trotz ihres professionellen Kostüms und der entsprechenden Maquillage. Sie blieben stehen, starrten sie an.

»Kommt rein, schnell!« sagte sie zu den zwei Eisenbahnangestellten. Zögernd folgten sie ihr in den Gastraum.

Vater und Mutter waren seit 1942 geschieden. Die Kontakte zwischen den Eltern beschränkten sich auf ein bürokratisch notwendiges Minimum und eben auf Nettchen, die der Vater nicht aus den Augen lassen wollte.

»Ihr seht ja, was ist«, beschwor sie die beiden Uniformierten im

14

Dunkel des *Tauzieher* über zwei Kölsch und zwei Korn hinweg, die sie ihnen ausgegeben hatte. Die Kollegen grinsten sich an und tranken.

»Und um Gottes willen, sagt meinem Alten nichts davon!«

Sie gab noch eine Runde aus. Aber es half nichts. Wahrscheinlich nicht aus Bösartigkeit dem rothaarigen Hürchen gegenüber, das sie kannten, seitdem es laufen gelernt hatte, eher um der Genugtuung willen, dem Kollegen eins auswischen zu können, ließen sie im Eisenbahnerkreis die Sensation die Runde machen.

Zwei Tage später erschien der Vater vor dem *Tauzieher*, im Schlepptau die Mutter, der er die Schande, die die Tochter ihm bereitete, hautnah und beweiskräftig vor Augen zu führen gedachte. Er hatte sich verkalkuliert. Nettchen, umringt von verteidigungsbereiten Kolleginnen, konnte vom Eingang des *Tauziehers* aus sehen und hören, wie die Mutter lautstark und ohne dabei an speziellen Ausdrücken aus dem Severinsviertel zu sparen, des Vaters Ehrbegriff zurechtrückte. Passanten blieben stehen, bildeten einen Kreis um das streitende Elternpaar und diskutierten schließlich unter sich, nachdem sie begriffen hatten, um was es da ging, ebenfalls über Begriffe wie »Anstand« und »Moral«, »ehrlicher« und »unehrlicher Broterwerb«. Weniger die Schlagfertigkeit und die Stichhaltigkeit der Argumente seiner Ex-Frau als die peinliche Menschenansammlung brachten den Vater schließlich zum Verstummen. Dann ging er, ohne Nettchen noch einmal angesehen zu haben.

Von diesem Tag an war Nettchen klar, daß ihr Beruf Prostituierte war. Es stand für sie fest, daß sie von nun an »anschaffen gehen« würde. Ein Jahr später war ihr die Arbeit im *Tauzieher* zu aufwendig und zu mühselig geworden. Auch zu gefährlich, denn viele Matrosen verlangten von den Mädchen, daß sie mit ihnen auf ihre Schiffe im Rheinau-Hafen kamen, und das war auch für die Abgebrühtesten kein Zukkerschlecken.

»Mama«, sagte sie eines Nachmittags. »Wenn ich schon anschaffen gehe, dann auch richtig!«

»Was meinst du damit?«

»Ich geh in den Puff!«

»Tu was du willst«, sagte die Mutter. »Du bist alt genug, um zu wissen, was du tust.«

Irgendwann im Frühjahr 1956 fing Nettchen in der Kleinen Brinkgasse an.

Über Nacht sind Eisblumen am Fenster zum Stavenhof hochgekrochen. Die Kohlen, die sie am Abend vorher aufgelegt hatte, hielten nicht vor. Die Asche im Ofen ist glutlos, kalt. Sie heizt ein und während im Ofen die Anmachscheite knacken, hält sie einen elektrischen Radiator gegen das Fenster, um die Eisblumen abzutauen, damit man von außen hineinsehen kann. Sie wandert durch das düstere, kalte Zimmer, in dem sie ihre Arbeit verrichtet, rückt einen Sessel zurecht, faltet das Leintuch am Fußende der Liege neu, klopft es mit in langen Jahren erworbener Routine auf einem Knie glatt. Sie breitet es immer erst dann aus, wenn der Kunde gezahlt hat.

Als sie vor acht Jahren aus dem Eros-Center wieder zurück in den Stavenhof wechselte, war das Parterre-Zimmer hier jahrelang ungenutzt gewesen, der Putz bröckelte von den Wänden, die Möbel waren Ruinen. Sie hatte alles zum Sperrmüll gegeben, neu tapezieren lassen und sich bei einem der Gebrauchtwarenhändler auf dem Gereonswall neu eingerichtet. Sogar ein Eisschrank steht jetzt hinten in der Kochnische, wenn einer Bier oder Sekt will. Aber die meisten wollen nicht. Früher brauchte sie hier keinen Sekt im Eisschrank. Die Frau Brüning hatte gleich nebenan ein kleines Lebensmittelgeschäft, praktisch nur für die Mädchen, die auf der Straße oder an den Fenstern arbeiteten. Wenn einer der Freier was trinken wollte, lief man schnell rüber und ließ anschreiben. Nach der Schicht saßen die Mädchen dann oft zusammen in Frau Brünings Küche, tranken, erzählten und gaben gegenseitig damit an, was sie alles verdient hatten.

Das Lebensmittelgeschäft der Frau Brüning gibt es schon lange nicht mehr. Sie machte zu, als die Stadt den Stavenhof schloß. Und heute, für die paar alten Frauen, die hier noch arbeiten, würde sich sowas ohnehin nicht mehr lohnen. Die erste Lage Brikett glüht, der Ofen gibt Hitze ab, doch die erreicht noch nicht den Fensterplatz. Obwohl sie weiß, daß das kaum anziehend wirkt, wickelt sie sich eine Decke um

die Schultern und setzt sich damit hinters Fenster. Sie zieht die Gardine zur Seite, damit man sie sehen kann, greift nach ihrem Buch und beginnt zu lesen. Es ist zehn Uhr morgens, die Zeit, zu der vielleicht schon der eine oder andere Freier draußen vorübergehen könnte. Normalerweise. Wenn es nicht so kalt wäre.

Anfangs kostete die Miete für das Zimmer in der Kleinen Brinkgasse elf Mark pro Nacht, später dreizehn. Die Tarife für die Freier waren fest geregelt, wie beim Frisör: Normaltarif fünf Mark, ausgezogen zehn Mark, nach Mitternacht zehn Mark normal, ausgezogen fünfzehn. Der Stundentarif lag bei vierzig Mark. Sie arbeitete in der Nachtschicht, Dienstbeginn 20 Uhr.

Die kleine Brinkgasse war gegen die Ehrenstraße durch eine Mauer abgeschottet. In der Mauer gab es einen schmalen Durchlaß, dahinter dann die kleinen einstöckigen Häuschen, die heute noch stehen. An den Eingangstüren priesen die Wirtschafterinnen, abgetakelte Prostituierte, zu alt fürs eigentliche Geschäft, die Ware an: »Kommt mal her! Ich hab Mädchen da! Komm rein! Kannste dir eine aussuchen!« Mit drei Kolleginnen stand Nettchen hinter der Wirtschafterin im Flur oder saß im Parterrefenster des zur Straßenseite gelegenen Koberzimmers, dem Aufenthalts- und Schminkraum der Mädchen. Gearbeitet wurde in den vier Zimmern auf dem ersten Stock. Aber manchmal, wenn gleich ein ganzer Kegelclub die Jahreskasse verjubeln wollte, gings auch im Koberzimmer hoch her.

Die Mädchen hatten sich ein paar Vorführungen ausgedacht, um die Kunden auf den Geschmack zu bringen: »Der Soldat im Freien« oder »Der brennende Christbaum« hießen die Erfolgsnummern. Anschließend stiefelte dann ein Kegelbruder nach dem anderen mit einem der Mädchen die Treppe hinauf. Oder auch nicht: »Nee, das kann ich nicht! Ich kann nicht mit raufgehen, wegen dem Quatschkopf da. Dann sagt der das meiner Frau!«

Die Nachtschicht in der Brinkgasse war zwar einträglich, aber sie war auch anstrengend. Nach drei Jahren wechselte sie wieder hinunter zum Rhein, in das dortige Pendant zur Brinkgasse, in die Nächelsgasse. Und sie wechselte in die weniger aufreibende Tagesschicht. Irgendwie entsprach das ihrem Bedürfnis nach einem geregelten, überschaubaren Leben. Und zumindest tagsüber war der Betrieb hier in der Nächelsgasse der Inbegriff einer überschaubaren, kleinbürgerlich geordneten Welt.

Punkt zehn nahmen die Mädchen ihre Fensterplätze ein und unterhielten sich über die noch menschenleere Straße hinweg. Kurz nach zehn stakste die Inhaberin eines Lebensmittelgeschäfts aus der Koelhoffstraße mit einem Notizblock von Fenster zu Fenster und notierte die Frühstücks- und Getränkewünsche der Mädchen. Wirtschafterinnen wie in der Brinkgasse gab es hier nicht, zumindest nicht in der Funktion als Anreißerinnen. Standfrauen hießen hier die Besorgerinnen. Sie kochten Kaffee, besorgten Essen, Präservative und Servietten. Und es gab die sogenannten »Abzahler«, Leute wie die Frau Klever, die Frau Mühlhausen oder den »Düsseldorfer Fred«, die mit Mänteln, Taschen, Schuhen und Schmuck in die Koberzimmer kamen und die Mädchen zum Kauf animierten. »Abzahler« hießen sie deshalb, weil die Mädchen sich natürlich immer über ihre Verhältnisse mit dem überflüssigen Kram eindeckten. So standen sie immer in der Kreide, und wenn die Abzahler kamen, hieß es eben abzahlen.

»Aber Nett! Du hast doch schon tausend Mark bei mir zu stehen!«

»Aber das Krokotäschchen gefällt mir so gut!«

»Ja, und wann willste das bezahlen?«

»Egal, wenn ich schon ein Kilo bei dir zu stehen hab, dann schreib doch das Täschchen auch noch mit dazu!«

Das Geld kam rein und ging weg. Reichlich Geld. Und sie hatte sich gedacht: Das machst du drei, vier, fünf Jahre, und dann bist du satt. Dann kaufst du dir ein Kiosk und dann hast du ausgesorgt. Ein halbes Jahr später hatte sie ihren ersten Stenz. Der verschwendete keinen Gedanken an ein Kiosk. Zumindest nicht an eines für sie. Zuerst gingen sie zusammen aus. Nächtelang. Sie zahlte. Dann brauchte er eine neue Uhr, einen neuen Ledermantel, mal dies, mal das, sie zahlte alles. In Urlaub fuhr er ohne sie, mit seinen Freunden. Und wenn er von Callella aus anrief, schickte sie ihm Geld nach. Was ihr blieb, ging für den Frisör, für Schuhe, Kleider, Taxi und Essen drauf. Den Rest gab sie der Mutter, die ihr die Wohnung in Ordnung hielt. Zweimal in dieser Zeit wechselte sie den Stenz. Der vierte war Hein. Und Hein war anspruchsvoller als die drei vorhergehenden zusammen. Ein Faß ohne Boden. Er brauchte nicht nur Uhren, Mäntel, Anzüge, Hemden, Schuhe und Urlaubsgeld. Hein war ein Automobil-Liebhaber. Sie kaufte ihm den ersten MG, der in Köln zugelassen wurde. Feuerrot war der Wagen. 13.000 Mark zahlte man Anfang der 60er Jahre für ein solches Fahrzeug. Eine Woche später kam Hein niedergeschlagen vom Nürburgring zurück.

»Was ist, Hein?«

»Ich hab das neue Auto sauergefahren!«

»Das macht doch nichts! Dann kauf ich dir den schwarzen Triumph, der steht doch noch beim Lenders im Fenster.«

Nach dem schwarzen Triumph kam ein schneeweißer Jaguar E an die Reihe. Der kostete schon 19.000 Mark. Die Beziehung zu Hein ging zu Ende, als die Stadt im Juli 1964 den Puff in der Nächelsgasse dicht machte. In die Brinkgasse konnte sie nicht zurück, denn da war kein Tagschicht-Platz frei. In die Nachtschicht wollte sie nicht mehr, denn an einen geregelten Arbeitstag hatte sie sich in den acht Jahren Puff-Arbeit gewöhnt. So landete sie schließlich, mit 34 Jahren, zum ersten Mal im Stavenhof. Als sie 42 war, schloß die Stadt auch den Stavenhof, in einem Aufwasch mit der Brinkgasse. »Nach ordnungsbehördlichen und polizeilichen Feststellungen«, schrieb die Stadt, »gehen Sie im Stavenhof der Unzucht nach. Durch ihr Verhalten mit seinen üblen Auswirkungen auf die belebte Umgebung werden die Anwohner, Benutzer und Besucher der umliegenden Straßen und Geschäfte in unzumutbarer Weise belästigt und beeinträchtigt«. Das Lachen blieb ihr im Halse stecken. Am 30.April 1972 marschierte eine Abordnung städtischer Beamter übers löchrige Kopfsteinpflaster des Stavenhofs. Sie schauten in die Fenster hinein, klopften an den Türen, stolzierten durch die Räume der Frauen. Eine 72jährige, die bis dahin immer noch ein paar Stammkunden hatte, durfte bleiben. Allerdings nur zum Wohnen. Die anderen mußten raus. Auch Nettchen. Keine der alten Kölner Bordellstraßen existierte mehr. Der Straßenstrich war ihr zu anstrengend und auch zu gefährlich. Denn zusammen mit den Schließungen der

Bordellstraßen war eine Sperrgebietsverordnung in Kraft getreten, die die gesamte Stadt zum Sperrbezirk erklärte. Die Einrichtung der telefonisch abrufbaren Fotomodelle und Mannequins war zu dieser Zeit zwar schon erfunden, doch hatte sie damals noch nicht die Bedeutung, die sie heute besitzt. Aber – und das war unter anderem der Zweck der städtischen Säuberungsaktion – das Eros-Center in der Hornstraße, eben fertiggestellt, sollte seine Scheuer vollbekommen.

Sie war mit 42 Jahren die Älteste im Eros-Center. Und sie war kreuzunglücklich in diesem Nutten-KZ. Allein schon die Notwendigkeit, zum Kunden zu gehen, hinunter auf den Kontakthof, statt den Kunden zu sich kommen zu lassen, war ihr zuwider. Dieses Herumgefeilsche und Gezänk auf dem Hof! Die Kunden wurden bedrängt, genötigt, angepöbelt. Das entsprach nicht ihrer Auffassung vom Beruf. Auch nicht die ständige Kontrolle der Kunden durch Aufsichtspersonal, Schläger, die oft genug schon aus geringstem Anlaß drauflosdroschen. Trotz dieser Widrigkeiten lief das Geschäft für sie im ersten Jahr ganz gut. Aber dann wuchsen die »Blockschulden«, die Mieten wurden erhöht und die Kunden wurden rarer. Zuerst zahlte sie 84 Mark Miete pro Tag, später wurden es 110 Mark, dann 120. Hinzu kamen die Schulden, die die Pächter »auf den Block« schrieben. Sie entstanden aus all den Nebenkosten, die man den Frauen abnötigte: Essensgeld, ob man das Essen, das angeboten wurde, wollte oder nicht. Rücklagen wurden abgezogen, Zimmerservice berechnet. Nettchen ging. Sie kehrte zurück in den Stavenhof, wo die Stadt inzwischen wieder ein paar ältere Frauen duldete.

Es will und will nicht tauen. In der Nacht hat es wieder leicht geschneit, jetzt am Morgen ist der Schnee auf den Bürgersteigen zu einer eisglatten Fläche geworden. Sie war auf dem Eigelstein, einkaufen, biegt in den Stavenhof ein und muß sich mit der rechten Hand an den Hausfronten abstützen, um einigermaßen sicher gehen zu können. Die Gasse ist menschenleer. Aus einem der schwarzen Hinterhöfe ist ein regelmäßiges Hämmern zu hören, aber niemand zu sehen. Der Spielplatz zwischen Stavenhof und Weidengasse eine öde weiße Fläche,

umstanden von nackten Brandmauern, Resten zerbombter Häuser. Eine Taube hockt auf einem Klettergerüst, plustert sich auf. Am Eckhaus gegenüber dem Spielplatz, da, wo der Stavenhof nach rechts abknickt, schaut sie zu einem Fenster hinein. Die Vorhänge sind zur Seite geschoben, sie blickt in das dunkle Zimmer, aber keine der vier Frauen, die sich die Wohnung teilen, ist zu sehen. Es sind dicke Frauen, auf türkische Kundschaft spezialisiert. Sonst, wenn sie vorbeikommt, redet sie ein paar Worte mit ihnen. Später, der Ofen strahlt schon ein wenig Wärme ab, sitzt sie am Fenster, wieder in eine Decke gehüllt, und liest. Nach der Augenoperation vor zwei Jahren braucht sie ein Brille dafür. Der Arzt sagte, sie solle nicht so viel lesen, am besten gar nicht und wenn, dann nur Großgedrucktes. Trotzdem verschlingt sie einen Roman nach dem anderen. Lenz, Konsalik, Uta Danella, Simmel, auch von Walter Kempowski hat sie alles gelesen. Erst um halb zwölf schreckt ein schüchternes Klopfen am Fenster sie vom Buch hoch. Der erste Kunde. Um zwei Uhr nachmittags noch einer. Dann wird es allmählich schon wieder dunkel im Stavenhof. Das war es dann für heute. Die Tagesfreier kommen nicht, wenn es düster ist. Das Geld, das sie verdient hat, braucht sie nicht zu zählen. Sie denkt daran, daß bald Karneval ist. Es wird wieder eine Stange Geld kosten, wenn sie mit ihren Kegelschwestern, alles Jugendfreundinnen aus der Zwirnerstraße, Hausfrauen, Arbeiterinnen, in der Südstadt an Weiberfastnacht einen drauf macht. Irgendwann einmal wird sie hier nicht mehr die Miete zahlen können. Dann wird sie zum Sozialamt gehen. Vielleicht noch zwei, drei Stammkunden, die sie zu Hause besuchen. Aber dieses Jahr wird es noch reichen. Vielleicht sogar noch für die Woche Mallorca, die sie mit ihren Freundinnen geplant hat.

Container-Ottos Ende

Es ist kein Kunststück, in den Rinnstein zu fallen. Aber es ist eine schreckliche Feuerprobe für einen Mann, aufrecht und sicher auf den Beinen zu stehen und festzustellen, daß es auf der ganzen Welt nur eine einzige Möglichkeit gibt, seine Freiheit zu gewinnen, nämlich, seinem Todestag vorzugreifen. Dann hat dieser Mann die Stunde der weißen Logik erreicht, und dann weiß er, daß er nur die Gesetze, nie aber ihren Sinn erkennen kann. Das ist die Stunde der Gefahr für ihn. Dann beschreitet er den Weg, der ins Grab führt.

Jack London

So, wie der aussah, dachten wir alle am Anfang, das ist ein Penner. Ausgetretene Sandalen, Löcher in den Socken, verschmierte Hosen, so schlabbrig und zerschlissen, daß nur breite Hosenträger sie halten konnten. Und natürlich war er auch immer besoffen. Zumindest sah er so aus. Hochrot der Kopf bis zur Glatze hinauf, auf der Myriaden von Schweißperlen ununterbrochen aus den Poren krochen. Wenn er einem nahe kam, roch man auch den Fuseldunst, der seinem Mund entströmte. Eddi ließ ihn die erste Zeit gar nicht rein.

»Raus! Sowat wie dich kann ich hier nich brauchen!«

Dann ging er. Stand stundenlang draußen vorm Büdchen, die Bierflasche in einer Mauernische versteckt. Irgendwie kam Eddi aber bald dahinter, Eddi hatte für so etwas seit jeher eine feine Nase: Otto verfügte über reichlich Kohle. Seitdem stand Otto jeden Abend ab sieben oder halb acht ganz vorne an der Theke neben den Spielautomaten, seinen gewölbten festen Bauch gegen den Tresen gepreßt, als gäben die Beine ihm nicht genügend Halt, und kippte, bis Eddi keine Lust mehr hatte und zumachte, Kölsch und Kurze. Und zwar Mengen, die Respekt einflößten. Eddi erzählte Alfons einmal, da käme bei Otto

24

locker eine ganze Flasche Doornkaat am Abend zusammen. »Und der zahlt immer, anstandslos. Alles, was aufm Deckel ist!«

Eddi konnte es kaum glauben. Und wir fragten uns natürlich auch alle, wo einer, der so aussieht wie Otto, die ganze Knete her hat. So viel wie der am Abend zu versaufen, kann sich gerade Heinzi leisten und selbst Heinzi tut das längst nicht jeden Abend. Nicht nur, weil er's an der Leber hat, sondern dem ist das einfach zu viel Geld, der säuft seinen Schnaps lieber zu Hause. Jedenfalls blieb Ottos Geldquelle die ersten zwei, drei Wochen, nachdem er bei uns aufgetaucht war, das Geheimnis. Und Otto verstand es, eine Schau aus diesem Geheimnis zu machen! Klar, daß er mitkriegte, wie wir alle danach spitzten, wo die Kohle herkam. Wenn Eddi »Letzte Runde« geröchelt hatte und anfing zu kassieren, richteten sich alle Blicke verstohlen auf Otto. Ohne eine Miene zu verziehen, packte dann Otto in aller Ruhe eine Rolle Geldscheine aus seiner Hosentasche, hielt sie unterm Tresen, aber doch so, daß alle einen Blick darauf werfen konnten, und zog dann ein oder zwei Scheine, je nachdem, davon ab, reichte sie Eddi und steckte dann die Kohle wieder weg.

»Du bist ja ganz schön frisch«, wagte Horst eines Abends einen Vorstoß, nachdem er Otto eine Lage spendiert hatte. Ottos rot unterlaufene Augen fixierten kurz sein Gegenüber, und dann fragte er mit seinem rollenden »r«: »Brauchst du Geld?«

Horst kam nicht dazu zu antworten.

»Ich verleihe nichts!« stellte Otto kategorisch fest. Horst aber gab nicht auf und dann ließ Otto eine Geschichte vom Stapel, die Horst größte Mühe bereitete, sie am nächsten Tag noch zusammenzubekommen.

»Also der sagt, die Ostzone zahlt.«

»Zahlt was?« fragte Willi.

»Ja, ihn, den Otto!«

»Und wofür?«

»Auskünfte.«

»Der Otto? Ene Spion? Also bitte!«

»Ich erzähl doch nur, was der mir gesagt hat. Auf alle Fälle kennt der sich aus. Mit dem Tiedge per du gewesen und so.«

»Dann sag mir doch mal, was will der denn hier spionieren? Der sieht doch aus, als ob er in der Mülltonne pennt!«

»Streng geheim, sagt der. Er würde erpreßt!«

Willi und die anderen schüttelten die Köpfe. Horst hatte sich ganz offensichtlich von dem reichen Penner ganz schön verarschen lassen. Trotzdem verliefen die nächsten Abende bei Eddi so, daß alle sich an Otto heranmachten, um näheres über seine Geheimagententätigkeit zu erfahren. Nunmehr der Gunst des Publikums vollends gewiß, wurde Otto zugänglicher. Bereitwillig gab er Auskunft über seine Verstrickungen in die geheimdienstlichen Ost-West-Beziehungen. Schnäuzer-Kurt erfuhr zum Beispiel von ihm, daß Vera Brühne »drüben« als hohe Stasi-Beamtin lebe, und er, Otto, alle Vierteljahre sich im geheimen mit ihr Unter den Linden treffe, um detailliert ins Bild gesetzt zu werden. Peter, dem Fahrstuhlführer, berichtete er flüsternd und mit zitternder Stimme, am Tag zuvor sei schon wieder ein Attentat auf ihn verübt worden. Es werde jetzt brenzlig. Das sei der siebzehnte Anschlag auf sein Leben innerhalb der letzten anderthalb Jahre gewesen.

»Und wer steckt dahinter?«

Otto sah sich in Eddis leerem Laden um, als lauerte hinter dem Plastik-Blumenwald, den Eddi zur Verschönerung mitten ins Lokal gepflanzt hatte, ein halbes Dutzend bis an die Zähne bewaffneter Guerilleros.

»Wußtest du nicht, daß ich Jude bin?« fragte Otto, dessen breites westfälisches Gesicht im Angstschweiß schwamm. Und dann erfuhr Peter, daß Otto seit Jahrzehnten für die MOSSAD arbeitete und natürlich sämtliche Palästinenser auf seiner Fährte waren.

Obwohl Otto während der ersten Wochen in Eddis Laden dergestalt die tollkühnen Höhen und Tiefen seiner Biographie entfaltet, die Abgründe und Geheimnisse seiner Existenz enthüllt hatte, konnte es nicht ausbleiben, daß wir eines Tages hinter seine Fassade blicken würden. Und ihm schien das auch recht zu sein, ja er provozierte sogar seine eigene Entlarvung.

»Guck mal! Der Otto hat ein Kind gekriegt!«

Kommunisten-Elke, die an lauen Abenden im Fenster zu liegen pflegt und, den Kopf weit herausstreckend, die Straße unter Kontrolle hält, hatte es zuerst entdeckt. Schweißtriefend und kurzatmig zerrte Otto tatsächlich einen Kinderwagen hinter sich her, steuerte damit Eddis Lokal an, stellte den Wagen gleich neben der Kneipentür ab und holte ein großes, grau-braunes Taschentuch aus der Hosentasche, um sich damit den Schweiß vom Nacken zu wischen. Alle, die gerade bei Eddi an der Theke standen, kamen auf die Straße und schauten in den Kinderwagen.

»Da is ja nur Plunder drin!«

»Ja, denkste, ich wär Babysitter?« Souverän schob Otto das Verdeck des Kinderwagens zurück, und alle konnten einen Blick auf die Schätze, die er barg, werfen. Ein Schnellkochtopf, ein Packen funkelnagelneuer hölzerner Kleiderbügel, eine gut erhaltene Porzellanpuppe, ein blechernes Spielzeugauto, vier Kaffeetassen mit Untertellern, ein Haufen alter Bücher und jede Menge Kleinkram. Eddi war dazugekommen, quetschte sich zwischen Otto und Kinderwagen durch und warf auch einen scheelen Blick hinein. Er hatte sofort die geschäftliche Dimension der Kinderwagen-Aktion im Auge.

»Was machste damit?«

»Kannste haben!« Ottos rote Hand beschrieb einen großen Bogen um den Kinderwagen herum, so als zeige er den anderen seine parkähnliche Gartenanlage oder die Zuchthengste seines Gestüts.

»Du verkaufst das!« Eva stellte das fest, fragte nicht. Eva ist immer an einem günstigen Geschäft interessiert und hielt schon den gänzlich unbenutzt aussehenden Schnellkochtopf in beiden Händen, hob ihn hoch, prüfte den Bajonett-Verschuß, klopfte den Boden auf seine Stärke hin ab.

»Dreißig«, sagte Otto. »Neu bestimmt hundertzwanzig«.

»Zwanzig«, sagte Eva und Otto streckte die Hand aus.

Seitdem kam Otto jeden Abend mit seinem Kinderwagen an und hieß jetzt Container-Otto. Der Kinderwagen war jeden Abend aufs neue gefüllt, mal mit altem, halb vermoderten Plunder, ab und zu aber auch mit gut erhaltenen oder gar neuen Stücken wie Evas Schnellkochtopf, in dem sie heute noch für Franz und sich und manchmal noch für den Alträucher-Hans ihre berühmte Gemüsesuppe kocht.

Container-Otto nannten wir ihn, nachdem er an jenem ersten Abend, als er mit dem Kinderwagen ankam, preisgeben mußte, was er tatsächlich trieb und womit er sein Geld verdiente. Er plünderte nämlich, seinen Kinderwagen hinter sich herziehend, die Sperrmüll-Container im Hahnwald, auf der Marienburg, in Rodenkirchen oder sonstigen Vierteln, wo es den Leuten nicht so darauf ankommt, ob die Sachen, die sie wegschmeißen, noch zu gebrauchen sind oder nicht. Mit dieser Beute und dem, was er sonst noch in diesen Gegenden, in denen man ihn gut zu kennen schien, zugesteckt bekam, machte Otto sich dann auf den Weg in die Stadt, wo er das Zeug bei den verschiedensten Alt- und Gebrauchtwarenhändlern losschlug und zu Geld machte. Das, was abends im Kinderwagen lag, waren lediglich die Reste der Beute.

»Ein richtiger Betrüger bist du!« sagte Horst. Er war später hinzugekommen und von den anderen über Ottos wahre Identität aufgeklärt worden. Horst war empört. Schließlich hatte er Otto alles geglaubt, war er der erste gewesen, der Otto auf den Leim gegangen war.

»Du und Geheimagent! Ein besserer Penner bist du!«

Otto blickte geradeaus, in Richtung auf Eddis Schnapsregal, nahm mit ruhiger Hand sein Kölschglas und trank es, Kopf im Nacken, aus.

»Trinkste was mit?«

»Mit Hochstaplern trinke ich nicht!«

Otto sah zur Seite auf Horst, zog dabei eine Augenbraue hoch, das konnte er tatsächlich so wie Johannes Heesters, und sagte zu Eddi: »Zwei Kölsch, zwei Doornkaat!« Und dann zu Horst, die Stimme zu einem verschwörerischen Flüstern abgesenkt: »Du hast ja überhaupt keine Ahnung! Hast du schon mal was von Tarnung gehört?«

»Tarnung?«

»Ja, Tarnung. Wie meinst du denn, laufen Spione rum? Mit Hut, Mantel, Sonnenbrille, Fotoapparat und Feldstecher? So erkennt die doch jeder!«

Horst ließ seinen Blick an Otto auf- und abgleiten, von der schweißbedeckten fettig glänzenden Glatze über den monströsen Bauch bis hin zu den löchrigen und schmutzstarrenden Socken in den zerrissenen Sandalen.

»Aha«, sagte er, »Tarnung.« Dann trank er das Kölsch und den Kurzen und stieß dabei mit Otto an.

Otto galt als enttarnt. Der Fall lag klar und offen. Und doch wieder nicht. Es blieb die Frage: wie kommt ein Alträucher der alleruntersten Kategorie, und um einen solchen handelte es sich zweifelsfrei bei Otto, wie kommt so jemand zu so viel Geld? Es wurde damals bei Eddi viel darüber diskutiert. Mit dem Gelumpe, das Otto in seinem Kinderwagen mit sich führte, waren unmöglich die Reichtümer anzuhäufen, die in Ottos zerbeulten Hosentaschen ruhten, und von denen er einen Bruchteil nur allabendlich bei Eddi versoff. Und ein weiteres Geheimnis, das Otto umgab, blieb.

Manchmal, meist nach der Polizeistunde, wenn Eddi die Rolladen heruntergelassen und den eisernen Riegel vor die Türe gelegt hatte, plauderte Otto aus seinem Agentenleben. Und das Bemerkenswerte an Ottos Erzählungen war, daß sie aus dem Munde eines kinderwagenschiebenden Alträuchers doch erstaunliche Detailkenntnis verrieten. Schnäuzer-Kurt, der immer irgendwelche linken Zeitungen oder Flugblätter unterm Arm trägt, meinte, sowas hätte er noch nie gehört. Zum Beispiel, was Otto alles über Sicherheitsvorkehrungen für Geld- und Wertpapiertransporte bei der Lufthansa wisse. Daß die deklarierten und scharf bewachten Sendungen oft nur Zeitungspapier enthielten, und daß das Geld und die Papiere auf ganz anderen Routen und getarnt als Reisegepäck transportiert würden. Und nicht nur das, sondern auch, wie das im einzelnen gemacht würde, zu welchen Anlässen und in wessen Auftrag und mit welchen verschlüsselten Codes solche Transaktionen durchgeführt würden, und, wie auf diese Weise, das heißt unter Ausnützung der ausgetüftelten Transport- und Sicherheitsmechanismen, amerikanisches Schwarzgeld rübergebracht würde, und wo es landete und wie das hier saubergewaschen würde. Kurt sagte, ihm wären die Ohren abgefallen, als Otto ihm das geflüstert habe. Und als er Otto gefragt habe, woher er das denn alles wisse und wozu um alles in der Welt dieses Wissen denn gut sei, habe Otto seine wässrig-blauen Augen in unendliche Weiten gerichtet und geschwiegen, tatsächlich geschwiegen, was Ottos Art nicht unbedingt war.

Es umgaben diesen dicken, schwitzenden Glatzkopf, der eines Tages bei uns wie aus dem Nichts aufgetaucht war und sich bei Eddi festgesetzt hatte wie ein Zeck, auch nach seiner Enttarnung Dunkles und

Unerforschtes. Ganz abgesehen von den kleinen Geheimnissen, in die er sich gern hüllte. Zum Beispiel wußte niemand, wo er wohnte. Das haben wir schließlich rausgekriegt. Die großen Geheimnisse freilich hat Otto mit ins Grab genommen. Denn plötzlich überschlugen sich die Ereignisse, und am Schluß, als Otto flach im Leichenschauhaus lag, überragt von der bleichen Masse seines mächtigen Bauches, wußte niemand mehr Bescheid, und wahrscheinlich wird Container-Ottos wirkliches Wesen und Treiben auch niemals mehr aufgedeckt werden.

Es begann damit, daß eines Tages, vielleicht ein knappes halbes Jahr, nachdem Otto erschienen war, Tauben-Hilde auftauchte. Das war ungefähr zu der Zeit, in der Eddi seinen Laden dicht machte und aufs Land zog und wir alle in die Kneipe gegenüber, zu Schorsch, wechselten, Otto natürlich mit. Und dann kam Tauben-Hilde dazu. Niemand kannte sie. Keiner hatte sie je zuvor gesehen, weder hier bei uns noch sonst irgendwo in der Stadt. Tauben-Hilde war so um die sechzig, dürr, hatte immer abenteuerliche Hüte auf ihrem dünnen, schütteren Haar sitzen, rauchte Kette, trank Schnaps und hieß deswegen Tauben-Hilde, weil sie, wo sie ging und stand, eine mit Taubenfutter prall gefüllte Handtasche mit sich führte. Tauben-Hilde fütterte nämlich Tauben. Und zwar heimlich, in aller Herrgottsfrühe, morgens um vier oder fünf, wenn noch niemand auf den Straßen war und sie dabei beobachten konnte, trieb sie sich in den Ecken des Rudolf- und des Friesenplatzes rum, lauerte nach rechts und links, und wenn die Luft rein war, griff sie blitzschnell in ihre Handtasche und warf das Taubenfutter auf die Erde. Manchmal kippte sie sogar einfach die ganze Tasche aus und machte dann, daß sie weg kam. Weshalb sie das machte? Jeder hat sie deswegen schon gelöchert, angefangen mit Fahrstuhlführer-Peter, der sie als erster früh morgens beim Taubenfüttern erwischt hatte. Völlig zwecklos. Wenn sie darauf angesprochen wurde, spitzte sie lediglich den Mund, was dann tatsächlich so aussah, als hätte sie einen Taubenschnabel, sah durch den Fragenden hindurch und wurde zu Stein. Sie hatte ganz offensichtlich eine Schraube locker.

Container-Otto aber sah das ganz anders. Als Tauben-Hilde das erste Mal bei Schorsch auftauchte, mit einem kleinen, runden, rosenverzierten Strohhut schräg auf dem Kopf, am Tresen saß und Schnaps trank und Otto kam rein, da wurde die Luft im *Eck*, so heißt Schorschs Kneipe, hochexplosiv. Ottos Blick traf ihren und der Funke zündete. Schnäuzer-Kurt, der damals dabei war und der ja immer irgendwelche Verschwörungstheorien ausspinnt, meint ja, die beiden hätten sich bereits gekannt. Das wäre eine Begegnung von zweien gewesen, die sich Jahre aus den Augen verloren und dann plötzlich und unerwartet wiedergetroffen hätten, die sich das Wiedererkennen aber nicht hätten anmerken lassen wollen. Schorsch, der auch dabei war, zuckt bei dem Thema nur mit den Schultern und meint: »Könnte sein, könnte auch nicht sein.« Jedenfalls schmiß Otto sich an Tauben-Hilde ran wie Blücher, stellte sich gleich neben den Barhocker, auf dem sie saß und fragte, ob sie auch was tränke.

»Warum nicht!« Tauben-Hilde spitzte ihren Mund.

»Heiß, nicht?«

»Heiß?«

»Ich meine, draußen.«

»Ach, das würde ich nicht sagen.«

Und so ging das weiter, den ganzen Abend. Otto produzierte Charme und Smalltalk oder was er dafür hielt, und Tauben-Hilde gab sich spröde, sprach so gut wie nichts, aber soff Schnaps auf Ottos Deckel. Um eins stapften beide, hochaufgerichtet, aber mit vorsichtigen kleinen Trinkerschrittchen aus dem *Eck* hinaus und Fahrstuhlführer-Peter sah, wie sie in Richtung Hildebold-Platz in der Dunkelheit verschwanden.

Ein richtiges Liebespaar wurden Otto und Tauben-Hilde allerdings nicht, obwohl sie von diesem ersten Abend an unzertrennlich blieben, Abend für Abend bis in die Nacht hinein nebeneinander an Schorschs Theke standen, miteinander redeten und tranken und dann gemeinsam in die Nacht hinein verschwanden.

Zuerst dachten natürlich alle, die pennen zusammen, obwohl sich das niemand so recht vorstellen konnte. Aber nein, sie waren kein Liebespaar. Fahrstuhlführer-Peter brachte es raus. Weil er immer vor und nach dem Dienst, zu besonders früher und besonders später Stunde mit seiner Tanja, einem giftigen Spitz-Mischling, Gassi geht. Fahrstuhlführer-Peter entdeckte den tief schlafenden und laut schnarchenden Otto unter einem Haufen Decken auf einer bequemen Luftmatraze über einem Lüftungsschacht am Gerling. Alleine. Nur sein Kinderwagen stand bei ihm. Tauben-Hilde aber wohnte gegenüber auf dem Hildeboldplatz, in einer Mansarde. Aber gerade das erscheint jetzt im nachhinein so merkwürdig, eben, daß die beiden kein Paar waren. Was erzählten die sich den ganzen Abend lang? Worum ging es dabei? Niemand weiß das. Weil niemand ihnen zugehört hat, als sie zusammen bei Schorsch saßen und palaverten, denn alle waren froh, daß Otto jetzt Hilde hatte, dann brauchten sie nicht seine krausen Geschichten anzuhören. Und so ließen sie die beiden für sich allein und keiner mischte sich in ihre Gespräche oder hörte zu.

Vielleicht hat Willi ab und zu was gehört, aber Willi ist zu blöde, um sich an etwas davon erinnern zu können, und wenn er das könnte, ist er zu besoffen, um noch verständlich zu sprechen. Selbst Schorsch, der Wirt, der ja eigentlich alles mitkriegen müßte, kann sich an kein einziges Wort erinnern, das Container-Otto und Tauben-Hilde miteinander getuschelt haben. Dunkle Geschäfte? Aber was für Geschäfte hätten zwischen den beiden schon laufen können?

Schnäuzer-Kurt hat natürlich eine Theorie: Tauben-Hilde ist auf Otto angesetzt worden! Sozusagen nachrichtendienstlich. Schnäuzer-Kurt behauptet, daß es sowas durchaus gibt, das könnte man doch in diesem Film mit Robert Redford und Paul Newman, »Der große Coup«, sehen, da sei tatsächlich ein weiblicher Killer über eine arrangierte Liebesaffaire auf Redford angesetzt worden! Natürlich ist Kurt ein linker Spinner, der sich in alles einmischt, der dauernd über alles meckert, dem nichts recht zu machen ist und der hinter jedem Furz ein Komplott der Herrschenden wittert. Aber irgendwie, im nachhinein und wenn man überlegt, wie dann alles weiterging...

Als nächstes verschwand Container-Otto nämlich. Vielleicht drei Wochen, nachdem Tauben-Hilde aufgetaucht war. Es war vorher schon gelegentlich vorgekommen, daß Otto einen Abend nicht bei Eddi oder Schorsch erschienen war. Dann erzählte er am nächsten Tag, »wichtige Besprechungen«, »diffizile Geschäfte«, »komplizierte Transaktionen« hätten ihn leider »verhindert«, so wie ein Chef sich in seinem Vorzimmer entschuldigt, wenn er einen Termin nicht einhalten kann. Aber spurlos verschwinden? Wohin? Hier bei uns hatte Container-Otto doch eine Heimat gefunden, eine Stammkneipe, Freunde, den Alträucher-Hans, der ihm so manches Stück abgekauft hatte, ein warmes, trockenes Schlafplätzchen gleich nebenan. Wo sollte der sonst hin?

»Hastu 'ne Ahnung, wo der Otto steckt?« Schorsch machte sich Sorgen. Otto war schon länger als eine Woche nirgendwo gesehen worden, und Otto bedeutete für Schorsch ein Viertel des abendlichen Grundumsatzes. Tauben-Hilde spitzte den Mund und hob die klapprigen Schultern, theatralisch, übertrieben wie ein Stummfilmstar.

»Ich?«

»Ja, wer soll's denn sonst wissen?«

»Wieso denn ich?«

Zum gespitzten Mund und dem Schulterzucken kam ein hektisches Klimpern mit den wimpernlosen Augenlidern, das Hilde nun vollends das Aussehen einer mausernden Taube verschaffte. Schorsch gab es auf. Etwas Stureres als Tauben-Hilde kann man sich auch kaum vorstellen. Und das Merkwürdige war doch, und da geben alle Schnäuzer-Kurt recht, sie verlor tatsächlich kein einziges Wort über das Verschwinden Ottos. War sie doch, wenn schon nicht seine Geliebte, seit Wochen sein bester Kumpel! Weshalb fragte sie nicht mal nach Otto, wie das alle bei Schorsch taten, beteiligte sich nicht an den Spekulationen über sein Verschwinden, sondern saß, als sei nichts geschehen, vor ihrem Schnapsglas, spitzte den Mund und starrte abwesend ins Leere? Wußte sie, wo er war? Steckte sie vielleicht sogar hinter seinem Verschwinden? Noch heute sind das offene Fragen.

Erst vier Wochen später stand Container-Otto eines Abends wieder neben Tauben-Hilde an Schorschs Theke, als sei nichts geschehen. Aber Otto bot ein Bild des Jammers. Der Bauch eingefallen, die Bewegungen fahrig, die Stimme leise.

»Otto! Wo warst du die ganze Zeit?«

Natürlich erzählte Otto eine Geschichte. Aber was für eine Geschichte. Eine, die wirklich hätte passieren können, und nicht eine, die Otto erzählt hätte, wäre er der alte gewesen. Er habe einen alten Freund aus seiner Heimatstadt in Westfalen getroffen, sie seien schließlich dorthin gefahren, hätten Verwandte und Bekannte besucht. Basta.

Niemand glaubte ihm auch nur ein Wort. So weit war es schon.

Wir wollten keine wahren Geschichten, nichts Alltägliches mehr von Otto hören, wir wollten seine Geheimdienst-Abenteuer geboten bekommen, und, so unwahrscheinlich die sich auch anhörten, wir waren alle nahe daran, sie zu glauben. Zumal nach dem, was dann geschah, und das war etwas Unerhörtes, etwas, was es noch nie bei uns in der Straße gegeben hat. Dabei sind wir schon einiges gewohnt. Alle paar Jahre wird ein Fotomodell in seinem Apartment erwürgt, alte Frauen verschwinden und ihre Leichenteile findet man ein Vierteljahr später auf der Ehrenfelder Stammstraße in einer Mülltonne, Messerstechereien drüben auf der Friesenstraße, es ist schon allerhand los. Aber das, was Otto inszenierte, das hatten wir bis dahin nur im Fernsehen gesehen. Und wenn Schnäuzer-Kurt nicht zufällig dabeigewesen wäre, hätten wir's überhaupt nicht mitbekommen.

Kurt sagt, Container-Otto sei gerade von der Alten Wallgasse in die Palmstraße eingebogen, schwitzend und mit hochroter Birne wie immer, den vollbeladenen Kinderwagen im Schlepp. Die Straße war leer, kein Verkehr, es war früher Abend, nur vor der Schule parkten ein paar Autos. Otto trottet daran vorbei, ist schon an dem kleinen Parkplätzchen, da fliegen bei einem der parkenden Autos die Türen auf, sechs Kerle in grünen Kampfanzügen und schußsicheren Westen raus, drei von vorn und drei von hinten, Maschinenpistolen im Anschlag, gehen sofort in Schußposition. Und auf wen zielen die Mündungen ihrer Waffen? Auf Container-Otto! Otto weiß überhaupt nicht, was los ist, erfaßt die Situation nicht, will weiter, zerrt ungeduldig am Kinderwagen, die drei Typen vor ihm scheinen ihn zu stören, er will dran vorbei. Aber da hat er schon zwei Knarren an den Schläfen, eine von rechts und eine von links. Von hinten kommt einer und tritt ihm die Beine weg, so daß Container-Otto mit einem Schlag mitten in der Hundescheiße auf dem Trottoir liegt, die Arme von sich gestreckt und den Lauf einer Waffe im Genick. Das war eine Angelegenheit von ein paar Sekunden und erst jetzt greift Schnäuzer-Kurt ins Geschehen ein.

»Wir sind hier in einem Rechtsstaat, ihr Arschlöcher!« schreit Schnäuzer-Kurt so laut er kann. Sofort ist Kommunisten-Elke im Fenster. Erfaßt die Situation und schreit ebenfalls: »Klaus! Klaus! Komm rüber!«

Klaus ist Kommunisten-Elkes Mann und er schraubte gerade an seinem Moped rum. Klaus kommt, ölverschmiert und einen 28er Maulschlüssel in der Hand.

»Laßt sofort den Otto los!« schreit Schnäuzer-Kurt.

»Seid ihr bekloppt, ihr Kapitalistenschweine!« Das ist Elke.

»Militaristen!« Wieder Kurt.

Das reichte. Die ganze Straße war jetzt auf den Beinen. Alträucher-Hans blickte aus seinem Laden, übersah die Szenerie, machte sofort kehrt, schloß die Stahltür hinter sich ab und drehte den Schlüssel zweimal rum. Die anderen, die überall aus den Türen kamen, näherten sich jetzt der Gruppe um den in der Hundescheiße bibbernden Container-Otto. Allen voran, mutig und entschlossen, Schnäuzer-Kurt, dann Klaus, dann Kommunisten-Elke, die blitzartig die Treppe herunter war, dann Willi, Horst, Alfons, Fahrstuhlführer-Peter mit seiner Tanja, die nervenaufreibend kläffte, Eva, Franz, der dicke Heinzi und selbst Schorsch guckte aus dem *Eck* heraus, blieb aber vorsorglich in Deckung. Jetzt waren die aus der Straße vielleicht noch zehn Meter von Container-Otto und den Bullen entfernt.

»Halt!« rief deren Anführer. Nur daraus, daß er »Halt!« rief, konnte man schließen, daß er der Anführer war. Sie trugen keine Abzeichen, keine Streifen auf den Schultern, kein Lametta, nichts. Nur Kampfanzüge, Fallschirmspringerstiefel, kugelsichere Westen, rasierte Köpfe, dämliche Gesichter und ihre Waffen, die sich immer noch auf Container-Otto richteten. Der lag mittlerweile in einer Lache, er hatte sich vor Angst bepißt.

»Seit ihr eigentlich noch richtig im Kopf?« Jetzt war Kommunisten-Elke die Wortführerin.

»Gehen Sie weg! Räumen Sie die Straße!« sagte der Anführer.

»Von wegen! Das könnte euch so passen. Auf offener Straße Leute bedrohen!«

»Das ist doch der Container-Otto«, sagte Willi. »Das ist unser Freund«.

»Papiere«, sagte der Anführer.

Ottos Hand zuckte, wollte irgendwo hingreifen, wahrscheinlich zu seiner Gesäßtasche. Sofort stand ein Stiefel auf der Hand, die Gewehrmündung bohrte sich noch tiefer in Ottos vom Angstschweiß naß glänzenden Nacken.

»Schweine! Mörder!« schrie Kommunisten-Elke, war mit einem Satz bei dem Anführer und packte ihn an der Weste. Der trat einen Schritt zurück und machte sich von der Furie los. Das war für die anderen das Signal, noch näher an die Kampfgruppe um Otto heranzurücken. Todesmutig. Sturm auf die Bastille! Alle schrien laut durcheinander, beschimpften die Bullen, was aber nichts nützte, denn die verharrten ungerührt und ließen ihre Knarren auf Otto gerichtet, Finger am Abzug. Doch der Anführer war jetzt irritiert, wußte offensichtlich nicht mehr weiter.

»Augenblick«, sagte er. Bückte sich zum zitternden Otto herunter, zog Ottos zerbeultes Portemonnaie aus dessen Hosentasche, öffnete es mit routinierten Bewegungen, klappte einen zerfledderten Personalausweis auf, warf einen kurzen, professionellen Blick hinein, bückte sich dann wieder zu Otto hinunter, sah in Ottos angstverzerrtes Gesicht und richtete sich wieder auf. Seine Waffe beschrieb einen kleinen, harten Bogen durch die Luft.

»Abzug! Verwechslung.«

Und weg waren sie. Plop. Plop. Plop. Die Autotüren klappten auf und wieder zu. Blitzartig saßen sie in ihrem Wagen und waren um die Ecke. Schnäuzer-Kurt schrieb sich natürlich das Kennzeichen auf.

»Und das in einem Rechtsstaat!«

»Von wegen Rechtsstaat! Das hat ein Nachspiel. Das häng ich an die große Glocke!«

Derweil begann Container-Otto sich in seinem See allmählich zu regen, streckte vorsichtig die Arme aus, zog die Beine an, hilflos und schwerfällig kam er auf die Knie. Die anderen halfen ihm auf; Franz klemmte sich Ottos schlappen Arm über die Schulter, Horst schob den Kinderwagen und so zogen sie Richtung Wall, Schnäuzer-Kurt und Kommunisten-Elke hintendrein sich weiterhin über »Faschismus« und »Staatsterrorismus« ereifernd, während Eva vorging in ihre Wohnung, um Container-Otto ein Bad zu bereiten.

Das war Container-Ottos letzter großer Auftritt gewesen. Öl in die von Schnäuzer-Kurt genährte Flamme, auf der er seine Theorie eines

Geheimdienstdramas um Tauben-Hilde und Container-Otto kochte. Schorsch und mit ihm die besonnenen Realisten im *Eck* winkten ab:

»Das war doch 'ne Verwechslung. Hat der Typ von der GSG 9 doch ausdrücklich gesagt!«

»Was sollte der auch anders sagen? Der mußte zum Rückzug blasen, sonst wärn wir denen auf die Pelle gerückt, aber richtig!«

Schorsch grinste verächtlich. Er hatte zwar nur aus sicherer Entfernung zugeschaut, jenseits der Schußlinie, wußte aber natürlich besser Bescheid als alle, die dabeigewesen waren.

»Das war 'ne Spezialtruppe. Meinste die hätten Angst vor so was wie dir? Wenn die nicht wirklich den Otto mit jemand anderem verwechselt hätten, hätten die den mitgenommen. Hundert Prozent. Oder kaltgemacht. Ende.«

Kommunisten-Elke war nicht zu überzeugen.

»Wartet, die kommen wieder, die Schweine. Die legen den armen Otto noch um, das sag ich euch!«

Zwei Monate später war Container-Otto tatsächlich tot.

Nachdem Eva und Franz ihn gebadet hatten an jenem Abend, war er, noch leicht zittrig, aber doch wieder im Stande, sich Kölsch und Kurze einzuverleiben, im *Eck* aufgetaucht und hatte den ganzen Abend immer wieder gesagt: »Siehste! Ich habs euch doch gesagt! Die wollen mir an den Kragen!«

Die letzten beiden Monate seines Lebens verliefen völlig normal. Jeden Abend stand er, nachdem er den Kinderwagen vor der Kneipentür geparkt hatte, bei Schorsch an der Theke, unterhielt sich mit Tauben-Hilde, schwadronierte ab und zu durchs Lokal mit seinem »Ich habs euch doch gesagt!« und soff im übrigen Kölsch und Doornkaat, wie immer. Schnäuzer-Kurt beobachtete währenddessen aufmerksam Tauben-Hilde, und später, als alles vorbei und Otto unter der Erde war, erzählte er, er hätte die ganze Zeit nach dem Überfall auf Otto immer so ein feines, hinterlistiges und gehässiges Lächeln um ihre harten Schnabellippen spielen sehen, wenn Otto in der Kneipe rumsalbaderte; als wenn sie in sich hineingelacht hätte: »Warte, Freundchen! Dich kriegen wir noch.«

Aber, wie gesagt, ist das wahrscheinlich purer Unsinn. Schnäuzer-Kurt bastelt immer noch an seiner Verschwörungstheorie und dafür braucht er einen Täter oder zumindest einen Handlanger. Allerdings war es so, daß Container-Otto in seiner letzten Nacht so wie immer kurz nach eins Arm in Arm mit Tauben-Hilde, beide voll mit Schnaps, in der Dunkelheit des Hildeboldplatzes verschwand. Danach hat ihn niemand mehr gesehen. Jedenfalls nicht lebend. Tauben-Hilde war die letzte. Wie er gefunden wurde, weiß auch niemand. Schorsch erhielt als erster die Nachricht, wahrscheinlich von einem Streifenpolizisten. Container-Otto lag am nächsten Morgen auf seinem Belüftungsschacht bei Gerling, schön warm in seine Decken eingepackt und war tot. Woran er gestorben ist? Schorsch, den sie zur Identifizierung holten, sagt, er hätte nichts gesehen, nichts bemerkt. Vielleicht nur, daß sein Kopf ziemlich blau aussah, wo er doch im lebendigen Zustand eher rot gewesen war. Sonst nichts Auffälliges. Herzinfarkt wahrscheinlich, bei dem was der gesoffen und geraucht hat und immer dieser wahnsinnig hohe Blutdruck, kein Wunder. Klar, daß Schnäuzer-Kurt und Kommunisten-Elke überhaupt nichts von Schorschs Theorie hielten, obwohl sie den toten Otto nicht gesehen hatten. Tausende von Möglichkeiten gäbe es doch, einem so was wie einen Herzinfarkt beizubringen! Und zur Todesursache hätte der Gerichtsmediziner Schorsch gegenüber schließlich kein Sterbenswörtchen verloren, obwohl Schorsch ihn danach gefragt hatte! Und was sagte Tauben-Hilde dazu? Das kann man sich denken: Kein einziges Wort! Sie saß da bei Schorsch wie sonst auch, trank ihren Schnaps und schwieg. Bis sie dann, zwei oder drei Wochen nach Ottos Tod, auch verschwand. Niemand hat sie seitdem mehr gesehen. Also das hat mittlerweile auch die größten Realisten unter uns zu der Meinung gebracht, daß an dem, was Container-Otto zu seinen Lebzeiten alles so erzählt hat, vielleicht doch was dran gewesen sein könnte. Vor allem ist ja immer noch die Frage offen, wo Otto immer all das Geld her hatte.

Fast wie Ondra-Schmeling

Wenn du verprügelt wirst, und du siehst plötzlich durch eine Nebelwand drei Gegner auf dich zukommen, achte auf den in der Mitte. Das ist's, was mich ruiniert hat, daß ich auf die beiden anderen losgegangen bin.

Max Baer, Schwergewichtsweltmeister 1934

»Der Benz ist im Eimer«, sagte Schmahl. »Da können wir nicht mit fahren.«

»Dann fahren wir eben mit meinem.« Pipelas Zeigefinger richtet sich auf ein Taxi. »Ist sowieso besser. Damit kommen wir auch ohne Probleme in die Anstalt rein. Mit der Taxe lassen sie dich überall durch.«

Sie fahren über die Severinsbrücke, auf den Verteiler, dann über die A 59, Richtung Bonn. Schmahl berichtet, er habe am Tag vorher 60.000 Mark für ein Café in Kalk bezahlt. Alles vom Feinsten. Neue Kaffemaschine, La Cimbali, Küche mit neuen Infrarotgeräten. Draußen schöne Terrasse, funkelnagelneue Bestuhlung.

»So 'ne Art Bistro wird daraus.«

»Wofür haste das gemacht?« fragte Pipela. »Du hast doch schon 'nen Laden.«

Er habe doch den Fußballverein in Kalk, erklärt Schmahl. Und jeden Sonntag nach dem Spiel lüde er die Mannschaft in irgendeine Kalker Kneipe ein. Essen und trinken.

»Da kommt immer schön was zusammen. Paar hundert Mark.«

»Versteh ich nicht«, sagte Pipela.

»Ist doch klar. Die nehm ich jetzt sonntags mit zu mir ins Café. Und die kommen dann auch unter der Woche. Bringen andere mit. Ganz Kalk.«

Pipela nickt. Sie fahren eine Weile schweigend. Es ist ein prächtiger Nachmittag im Mai. Kein Wölkchen am Himmel. Überm engen Autobahnhorizont Hitzeflimmern. Pipelas neuer Diesel brummt. Schmahl hat das Beifahrerfenster ganz heruntergekurbelt und läßt einen Arm herausbaumeln.

»Was ist das eigentlich für einer, den wir besuchen fahren?« fragt Pipela. »Ich hab den Namen früher öfters gehört. Heuser. Hab ich aber nie boxen gesehen.«

»Kannste auch nicht.« Schmahl zündet sich eine R 6 an. »Der hat den letzten Kampf glaube ich 1949 gemacht. Der Louis Goldschmitt und ich haben den früher öfters in Bonn besucht. Auch mal nach Köln geholt, zum Boxen oder wenn er Geburtstag hatte, haben wir zusammengelegt. Paar neue Schuhe, ein neuer Anzug. Schade. Aber das war ein Boxer, sag ich dir! Ich sammel ja den alten *Boxsport*, von vorm Krieg. Ist voll von dem. Mindestens zweimal auf dem Titelbild. Adolf Heuser. Deutscher Meister. Europameister. Weltmeister!«

»Der war Weltmeister?«

»Ja, das weiß kein Mensch. Immer nur Schmeling, Schmeling, Schmeling. Und den Dagge, den haben sie auch bald vergessen. Nee, der Heuser war Weltmeister! IBU-Weltmeister im Halbschwer, 1938.«

Kurz hinter der Bonner Nordbrücke, der Friedrich-Ebert-Brücke, fahren sie von der Autobahn ab.

Sie sollen den Dölfes, so wurde er in Buschdorf genannt, vom Feld, vom Pflug weggeholt haben, damals, 1928, zu seinem ersten Profikampf. Er war ein grobschlächtiger, linkischer, scheuer Bauernsohn, untersetzt, stabile Knochen, schwere Gelenke, eckig sein Schädel. Das zweitälteste von siebzehn Kindern, die der Vater in zwei Ehen zeugte. Bauer war der Vater, eine kleine Landwirtschaft im Bonner Vorland. Sie reichte nicht aus, die große Familie zu ernähren. Deshalb zog er ein kleines Bauunternehmen nebenbei auf. Knochenarbeit. Achtzehn

Stunden am Tag. Und Dölfes lernte nichts anderes als Knochenarbeit. Schleppen, graben, schaufeln, pflügen. Irgendwann durfte er auch einmal eine Mauer hochziehen. Aber da war er schon Boxer. Von seinem neunzehnten bis zu seinem zweiundvierzigsten Lebensjahr hat er dann nie mehr etwas anderes gemacht als boxen. Er war – neben Schmeling – der erfolgreichste professionelle Boxer, den es je in Deutschland gab.

Neunzig Kilo schwer und nur ein Meter dreiundsiebzig groß war Adolf Heuser, als er sich mit achtzehn Jahren beim Bonner Box- und Fechtclub zum Boxen anmeldete. Sie lachten den schweigsamen und ungeschickten Jungen aus. Das Lachen verging ihnen, als sie seinen Schlag sahen. Eine einzige Rechte hätte ein Stierkalb töten können. Seine enorme Schlagkraft prägte später seinen Stil. Er wurde ein Angriffsboxer, einer, der beim Angriff viel einstecken muß und auch einstecken kann, der nahe an seinen Gegner herangeht, aus naher Distanz seine Wirkungstreffer plaziert. Ein Peter Müller der Vorkriegszeit, ein ungleich besserer Boxer jedoch.

Der Kampf, zu dem der Vorsitzende des Bonner Box- und Fecht-Clubs ihn am 17. April 1928 vom Feld weg engagierte, machte ihn im wahrsten Sinne des Wortes mit einem Schlag berühmt. Im Hauptkampf war an diesem Abend Hans Schönrath gegen den dänischen Halbschwergewichts-Meister Tyge Petersen vorgesehen. Petersen war ein absolut erstklassiger Boxer. Olympiasieger von Paris, Berufs-Europameister 1926, 1927, 1928. Schönrath hatte sich einen Tag vor dem Kampf im Training verletzt, konnte nicht antreten. Adolf Heuser bekam seine Chance und nutzte sie. Neunzehn Jahre war er alt. Dreißig Mark Gage bekam er für diesen Kampf, dessen Verlauf jeder vernünftige Boxfachmann als ein Schlachtfest für den dänischen Profi vorhersehen mußte. So ging Petersen diesen Kampf auch an. Er konnte den Anfänger nicht ernst nehmen, so bullig der auch eine Runde lang durch den Ring stakste und so gefährlich dessen Fäuste auch an seinem Kopf vorbeipfiffen. Doch war es nicht nur Petersens Leichtsinn, es war vor allem die gewaltige Kraft Heusers, die diesen Kampf entschied. Und zwar gleich in der zweiten Runde. Heuser landete eine saubere Rechts-Links-Kombination an Petersens Kopf. K.o.

42

43 K.o.-Siege von 86 Siegen insgesamt in 126 Profikämpfen verzeichnet Heusers Rekordbuch. 19 Kämpfe endeten unentschieden. 21 Niederlagen mußte er hinnehmen. Hinnehmen – ein sport-journalistischer Euphemismus angesichts der Kämpfe, in denen Heuser unterliegen sollte, angesichts der Niederschläge und Verletzungen, die er erleiden sollte. Doch finden sich in jeder großen Boxerkarriere die Niederlagen an deren Ende. Am Anfang gibt es meist nur Siege. Nicht immer. Nach seinem sensationellen Anfangserfolg hatte es Heuser nicht leicht. In einem Schaukampf besiegte er das dritte große Talent jener Jahre, Walter Neusel. Doch wenig später, als es um die Deutsche Meisterschaft des Jahres 1928 ging, unterlag er Neusel. Es sollte bis 1937 dauern, daß er diesen Titel erringen konnte. Ein Jahr später dann aber wieder ein Erfolg, der seinen Namen im Berufsboxen endgültig zu einem Markenzeichen werden ließ: er besiegte den Belgier Fernand Delarge, dem Max Schmeling gerade vorher die Europameisterschaft abgenommen hatte. 1932 wurde Heuser Europameister im Halbschwergewicht gegen den Spanier Martinez Alfara, und 1933, mit 26 Jahren, boxte er im New Yorker Madison Square Garden um die Weltmeisterschaft.

Der Kampf dauerte 15 Runden. Der Gegener, der Weltmeister, den Heuser herausforderte, hieß Maxie Rosenbloom, ein weißer Amerikaner jüdischer Abstammung, ein überaus cleverer, gerissener Konterboxer. Ein Deutscher gegen einen Juden. 1933 in New York. 15000 Zuschauer. 15000 Kehlen feuerten Rosenbloom an: »Kill Hitler! Kill Hitler!« Heusers Sekundant hieß Jack Sharkey, der Schwergewichtsweltmeister von 1932. Er hatte Heuser beigebracht, kürzer als bisher zu schlagen, schneller zu schlagen, noch mehr Körper in den Schlag zu bringen, Dynamit. Und Rosenbloom bekam Heusers Dynamit zu spüren. Dessen Rechts-Links-Dubletten trieben ihn in die Seile. Heuser nagelte ihn fest. Rosenbloom stand am Rande einer Niederlage. Gleich in der ersten Runde. Trotz der »Kill Hitler!«-Rufe. Doch dann wendete sich das Blatt. Rosenbloom verstand es von Runde zu Runde besser, Heusers Kraft wirkungslos verpuffen, das Dynamit im leeren Raum explodieren zu lassen statt auf seinem Körper. Es muß ein faszinierender Kampf gewesen sein, der die Zuschauer von ihren Sitzen hochtrieb

und sie schließlich vergessen ließ, »Kill Hitler!« zu rufen. Denn dort oben setzten sich zwei Männer, zwei Boxer, zwei ganz unterschiedliche Boxer auseinander. Fast gleichstark. Nach den 15 Runden jedoch war der Kampf im Madison Square Garden mehr als nur ein Boxkampf, ein Sportereignis. Da unterlag letztendlich der brutale, schlagkräftige Deutsche dem geschickteren, cleveren Juden.

Heuser kam als gebrochener Mann von seiner zweijährigen Boxreise durch die USA zurück. Die 20 Kämpfe gegen härteste amerikanische Fighter hatten ihm nicht nur die Rosenbloom-Herausforderung, sondern auch schwerste Augenbrauenverletzungen eingebracht. Mehr als seine Verletzungen wog der Tod seines Freundes Ernie Schaaf. Einige Tage nach dem Rosenbloom-Kampf war er in Heusers Armen gestorben. Heuser hatte ein Jahr lang bei Schaaf, einem Schwergewichtsboxer, in der Nähe von Boston gelebt. Schaaf starb an einer Hirnblutung. Zwei Tage nach einem Niederschlag durch den Italiener Primo Carnera. Vielleicht hatte er beim Tod des Freundes geahnt, was auf ihn selbst zukommen sollte.

Das Taxi verlangsamt die Fahrt. Schmahl guckt aus dem Fenster. »Hier ist es!«

Er deutet auf ein Schild. *Rheinische Landesklinik-Fachkrankenhaus für Psychiatrie.* Der Wagen biegt von der Straße ab, fährt durch eine breite Einfahrt hinein in ein weitläufiges Gelände: Rasen, Blumenrabatte, Bäume, Sträucher, fast ein Park, dazwischen Bungalows. Krankenstationen. Schmahl weist Pipela den Weg. Er war schon einige Male hier.

»Wir hatten uns angemeldet«, sagt Schmahl zu der Stationsärztin. »Den Adolf Heuser besuchen. Und dann wollen wir fragen, ob wir ihn am sechundzwanzigsten abholen können, zu den alten Sportfreunden nach Köln. Da ist Boxen bei uns. Und da wollten wir ihn mit hinnehmen.«

Die Ärztin hat nichts dagegen. »Solange der nicht selber boxt.«

Es sollte ein Scherz sein.

»Ich werde den dann am sechsundzwanzigsten abholen«, sagt Pipela. »In der Taxe hat er es ja bequem.«

Die Ärztin führt sie durch die Station. Krankenhausatmosphäre. Es riecht bloß etwas strenger als im Krankenhaus. Nach alten Leuten. Sie kommen in einen Aufenthaltsraum. Hell. Die Türen zu einer Terrasse sind weit geöffnet. Im Raum sitzen drei alte Männer. Weit voneinander entfernt. Der eine sitzt an einem leeren Tisch. Der zweite in einem Rollstuhl, der dritte in einem Armlehnstuhl in einer Ecke, die Hände auf die Knie aufgestützt, so, als ruhe er von einer schweren Anstrengung aus. Die alten Männer blicken nicht auf, als Schmahl und Pipela mit der Ärztin eintreten, verharren stumm, wie sie gerade sitzen und starren vor sich hin oder auf einen Punkt an der Wand.

»Herr Heuser ist draußen«, sagt die Ärztin.

Sie gehen hinaus, auf die Terrasse. Ein schöner Blick in den Park. Vögel zwitschern und singen. Die Sonne dringt nicht durch das Laubwerk der umstehenden Bäume und Sträucher. Es ist schattig auf der Terrasse. Vor ihnen wieder ein alter Mann in einem Rollstuhl. Seine Augen starren in den Himmel. Der Mund weit geöffnet. Er röchelt. Aus einem seiner Nasenlöcher ragt eine weiße Kanüle, sie ist über einen Plastikschlauch mit einer Infusionsflasche verbunden, die an einem Galgen über dem Rollstuhl hängt. Im Gebüsch neben dem Rollstuhl singt eine Amsel.

»Das ist er nicht«, sagt Schmahl.

Heuser sitzt an einem Tisch.

»Wollen Sie Kaffee haben?« fragt eine Pflegerin. »Es ist gerade Kaffeezeit.«

»Wenn es Ihnen nichts ausmacht«, sagt Pipela.

Sie setzen sich zu ihm. Sein Kopf ist immer noch beeindruckend, kantig. Die Haare voll, gelblich grau. Doch seine Gesichtzüge haben sich verloren, sind eingeweicht in eine großporige, ebene graue Fläche, in der es nur zwei markante Punkte gibt, die gewaltigen Wülste der Augenbrauen. Die Narben sind kaum noch zu erkennen. Er steht auf, stützt sich mit der Linken auf den Tisch, reicht Schmahl die Rechte. Er sieht größer aus, als er ist. Immer noch breit die Schultern, leicht gebeugt bloß. Die Finger der rechten Hand sind braun-gelb verfärbt, Nikotin.

»Ich hab dir was mitgebracht«, sagt Schmahl.

Vorsichtig zieht er ein Paar winzige weiße Boxhandschühchen aus einer Plastikhülle. Auf die Handschühchen hat er *Sportlertreff Gaststätte Klein Köln* drucken lassen. Er reicht sie Heuser. Der nimmt sie, wendet sie zwischen seinen gelben Fingern und legt sie dann vor sich auf den Tisch. Er murmelt etwas.

»Die hängen wir über deine Urkunde vom Aurora-Traditionsverein, zu deinem 80.Geburtstag, drüben, im Aufenthaltsraum.«

Heuser nickt. Er erinnert sich. Sie hatten ihn im letzten Jahr schon einmal nach Köln geholt, ein Fest zu seinem 80. Geburtstag veranstaltet. Heuser raucht. Rothhändle. Ein Zivildienstleistender bringt Kaffee. Sie trinken.

»Was hast du denn all die Jahre hier gemacht?« fragt Pipela. »Hast du noch Sport gemacht?«

»Nee«, sagt Heuser.

»Den haben sie doch völlig ruhiggestellt hier«, sagt Schmahl.

»Hier war ich beschäftigt, in der Therapie«, sagt Heuser. »Mätzchen machen. Da wird so was mit Figürchen gemacht, mit Lehm, Töpferei und so was.«

»Das macht dir doch auch Spaß«, sagt Schmahl.

»Was heißt Spaß? Ich muß was tun. Vierzig Jahre bin ich jetzt hier drin. Ich hab schöne Sachen gemacht. Alle möglichen Tiere, schöne Gänse, Hühner, ich hab alle möglichen Ideen.«

Sie schweigen eine Weile. Heuser trinkt Kaffee und raucht eine Rothhändle nach der anderen. Er inhaliert tief, stößt den Rauch dann gleichzeitig aus Nase und Mund.

»Wenn ich mal meine Freiheit hab, dann weiß ich schon, was ich schreibe: ›Mein Leben – ein wahrer Roman‹. Ich kann mich an alles erinnern, was sie mit mir getrieben haben, was ich gelebt und gelitten habe, das weiß ich alles noch. Und wenn ich dann noch eine Sekretärin kriege, der ich alles diktieren kann...«

Er will sich eine neue Zigarette anzünden. Das Feuerzeug funktioniert nicht. Seine Hände zittern zu stark. Schmahl gibt ihm Feuer.

»Wenn ich abends im Bett liege und schlafe noch nicht, dann mache ich die besten Sachen. Träume.«

»Die besten Einfälle haste dann, Ideen«, sagt Schmahl.

»Irgendwann muß ich eine Sekretärin haben, die stenographieren kann...«

Er bricht ab. Seine Sätze sind schwer zu verstehen. Er nuschelt, zieht die Worte ineinander, verschluckt manche dabei. Doch seine Grammatik ist klar, die Sätze sind vollständig, sie klingen nur nicht immer so. Schmahl hat Heusers Brille, die vor ihm auf dem Tisch liegt, an sich genommen, blickt durch die dicken Gläser.

»Da kann man ja nix durch sehen!«

Er zieht ein Taschentuch aus seiner Trainingshose, spuckt auf die Brille und beginnt sie mit aller Sorgfalt zu reinigen.

»Da kann ja kein Mensch durch gucken! Ich putze meinem Sohn auch immer die Brille.«

»Und wenn ich mal eine nette Frau finde«, beginnt Heuser wieder, »die ein paar Mark hat, die kann dann den Prozeß führen, denn das Armenrecht haben die mir aberkannt. Entmündigt, enterbt und des Armenrechtes beraubt. Nur, damit ich keine Rechte kriege. Nur, damit ich nicht offenbare, was wirklich war. Ich habe ein Elend hinter mir und eine traurige Familiensache, da muß man schweigen. Und mein Vater sagte: Blamier mir nicht die Familie, Junge!«

Er inhaliert, saugt die Zigarette aus, pafft den Rauch nach oben.

»Junge, bleib ruhig und blamier die Familie nicht«, wiederholt er. »Die Justiz, die habe ich verflucht! Denn der Verbrecher, der meine Ehemalige vergewaltigt hat, von dem haben die einen Meineid angehört. Und ich mußte etwas verschweigen, ich mußte, weil ich meine Schwester und andere in Schutz nehmen mußte.«

Aus dem Aufenthaltsraum nebenan kommt plötzlich ein Schrei, der das Herz stocken läßt. Pipela und Schmahl fahren zusammen, sehen zum Bungalow hinüber. Einer der drei Männer aus dem Zimmer muß es sein.

Kein physischer Schmerz scheint diesen schrecklichen Laut verursacht zu haben, es ist der Ruf einer anderen, einer viel tieferen Not, die niemand versteht. Heuser hat nicht darauf geachtet. Niemand außer Schmahl und Pipela achtet darauf.

»Wenn ich 'ne neue Frau finde, die ein paar Mark hätte für den Prozeß...«

Schmahl hat sich wieder gefaßt. Die Schreckenslaute aus dem Bungalow sind verstummt.

»Vielleicht läßt sich mal ein Freundeskreis bilden, der da was macht«, sagt Schmahl.

»Ach!« Heusers Linke fährt abwehrend durch die Luft. »Gibt's ja nicht. An mich glaubt ja niemand!«

Vor 40 Jahren, 1948, kurz nach seinem letzten Kampf, wurde er das erste Mal in die Landesklinik eingeliefert. Im Zustand der Verwirrung, hieß es. Er sollte seine Frau verprügelt haben, rasend vor grundloser Eifersucht. Er soll ungeheuer eifersüchtig gewesen sein damals, krankhaft. Dann wurde er wieder entlassen, bald darauf aber zurückgebracht. Dieses mal für immer.

Die verlorene Weltmeisterschaftsherausforderung gegen Rosenbloom hatte er nur schwer verkraftet. Die Gesichtsverletzungen. Der Tod Schaafs. Drei Kämpfe hintereinander ging er technisch k.o. Er legte eine Pause ein. Kümmerte sich um das in den USA verdiente Geld. 70.000 Dollar. Allein 19.000 für den Weltmeisterschaftskampf. In Weiss, zwischen Bonn und Köln, gleich am Rhein und nicht weit von seinem Geburtsort Buschdorf entfernt, baute er ein Haus, kaufte ein großes Grundstück dazu. Vielleicht eine kleine Landwirtschaft, später, nach der Karriere.

Seinen Hauptwohnsitz verlegte er Mitte der dreißiger Jahre nach Berlin. Da trainierte er und von Berlin aus gelang ihm ein Comeback. Ein gewaltiges Comeback, das ihn auf den Gipfel des Boxer-Ruhmes führte und ihm die Gunst der Nazis einbrachte, die sich gerne mit den Starken zeigten. 1937 wurde er im Kampf gegen Adolf Witt erstmals Deutscher Meister im Halbschwergewicht. Und dann türmten sich die Erfolge. 1938 wurde ein Adolf-Heuser-Jahr. Er stellte einen Rekord auf, der bis heute nie eingeholt wurde. In diesem Jahr wurde er gleich zweimal Europameister: sowohl im Halbschwer- wie im Schwergewicht. Der Titel im Halbschwergewicht galt gleichzeitig als Weltmeisterschaftstitel der International Boxing Union, einem Verband, dem feilich die US-Verbände damals nicht angeschlossen waren. Doch wenn es auch nach den verqueren Regeln der konkurrierenden Boxverbände keine »echte« Weltmeisterschaft war, war es doch ein echter Weltmeisterkampf. Zwei extrem unterschiedliche Boxer-Typen trafen da aufeinander. Gustave Roth, ein Belgier, galt als der technisch beste Boxer seiner Zeit. Er hatte den erst nach dem Ersten Weltkrieg entwikkelten sogenannten Florett-Stil im Boxen kultiviert und war sein elegantester Vertreter. Heusers Boxstil dagegen besaß nichts Elegantes. Er entstammte unmittelbar der Kraft des Körpers: Frontalangriff, Sturmlauf, Trommelfeuer der Fäuste. Martialisch. »Englischer Stil« nannte man damals diese Art zu boxen, ein Überbleibsel aus den archaischen Jahren dieses Sports, in denen es, mehr noch als gewaltige Schläge auszuteilen, darauf ankam, ebensolche Schläge auch einstecken zu können. Wer am meisten aushielt war Sieger. Im überfüllten Berliner Sportpalast boxte Adolf Heuser acht Runden lang gegen Gustave Roth im englischen Stil. Acht Runden lang griff er an, steckte ein, griff an und gewann den Kampf durch K.o., Leberhaken. Die »Rheinische Bulldogge« wurde er fortan genannt. Und er rechtfertigte diesen Namen durch den Kampf gegen den Wiener Schwergewichtler Heinz Lazek. Auch den gewann er, war nun auch Europameister der Schwergewichtler. Sein nächster Herausforderer auf diesen Titel hieß Max Schmeling.

Schmeling galt vor dieser auf den 2. Juli 1939 angesetzten Begegnung als schwer angeschlagen. Er hatte über ein Jahr nicht mehr geboxt. In seinem letzten Kampf – am 22. Juni 1938 in New York – war es um die Weltmeisterschaft im Schwergewicht gegangen, um einen Titel, den Schmeling 1930 gegen Jack Sharkey gewonnen, 1931 gegen Young Stribling verteidigt und ein Jahr später wieder an Sharkey verloren hatte. Sein Gegner 1938 hieß Joe Louis. Schmeling hatte ihn in einem schweren 12-Runden-Kampf zwei Jahre vorher schon einmal geboxt und k.o. geschlagen. Doch der Weltmeisterschaftskampf 1938 dauerte bloß eine knappe Runde. Louis machte Schmeling durch einen unbeabsichtigten Nierenschlag kampfunfähig und verprügelte ihn anschließend. Im Madison Square Garden wurde dies als der Sieg des freien Amerika über den »Nazi-Fighter« Schmeling gefeiert. Umgekehrt war Schmelings Niederlage in Deutschland als Schmach aufgenommen, Schmeling von den Nazigrößen geschnitten worden. Der Kampf gegen Heuser bot ihm nun eine Möglichkeit zur Rehabilitation.

Für Heuser bedeutete er die Chance, das Boxidol der 20er und 30er Jahre zu entthronen und sich selbst an seine Stelle zu setzen.

»Sieht man Boxen als Sport«, schreibt Joyce Carol Oates, »so ist es die tragischste aller Sportarten, denn er zerschleißt die Begabungen, die er hervorbringt, mehr als jede andere menschliche Aktivität – dieser Verschleiß ist ein wahres Drama. Sich zu verausgaben, um den größten Kampf seines Lebens zu kämpfen, heißt zwangsläufig, sich auf dem Abstieg zu befinden, denn der nächste Kampf kann eine Niederlage sein, ein abrupter Absturz in den Abgrund.«

Unmittelbar nach dem Eröffnungsgong stürzte Heuser in gewohnter Manier auf Schmeling ein, schlug schwere rechte Haken. Doch prallten sie wirkungslos auf die Deckung Schmelings, der sich wie immer zurückhielt, abwartete. Er brauchte nicht lange zu warten. Heuser griff wieder an und in den Angriff hinein schlug Schmeling mit der Rechten einen harten Konter. Er traf Heusers Kinn. 71 Sekunden hatte der Kampf gedauert. Heuser brach nach dem Treffer mit ausgebreiteten Armen vornüber auf dem Ringboden zusammen. Das »Aus« des Ringrichters hörte er nicht. Blieb liegen. Sie schleppten ihn in eine Ecke, riefen nach einem Arzt. Heuser war immer noch ohne Besinnung. Es dauerte zwei Minuten, bis der Arzt kam. Der begann sofort mit künstlicher Beatmung. Eine Frau kletterte in den Ring, drängte die um den Bewußtlosen Stehenden zur Seite, warf sich neben ihn auf den Boden, weinte, streichelte die Brust des Boxers. Es war seine Frau. Sie hatten ein paar Monate vorher geheiratet.

»Ich hab dem Gericht geschrieben«, sagt Heuser, »nur in der Zusammenfassung aller Einzelheiten ergibt sich die Wirklichkeit. Und dazu brauche ich einen Prozeß! Ich bitte, beantrage und verlange ein Gerichtsverfahren anzuberaumen, die Motive meines Ehestreits festzustellen und zu klären!«

Er spricht noch undeutlicher als sonst. Er leiert es herunter, hat es in diesen 40 Jahren im Landeskrankenhaus vielleicht schon tausendmal gesagt, tausende Male stumm, bei sich im Kopf repetiert. Er blickt vor sich, auf seine Hände. Pipela und Schmahl schweigen.

»Und was ich weiß ist Wissen. Es ist das Wissen eines Weisen.«

Auch das hat er schon tausendmal gesagt und gedacht. Er lacht kurz auf. »Ich hab immer solche Aussprüche«, sagt er. »Und dann sagen die: der hat es im Schädel!«

»Was heißt das?« sagt Schmahl. »Du sprichst doch nun ganz vernünftig und manierlich. Für'n Mann im 81. Lebensjahr ist das für mich fantastisch!«

»Es gibt welche«, sagt Pipela, »die haben weniger geboxt. Die kriegen mit 70 Jahren schon nix mehr raus. Die wissen noch nicht mal mehr, daß sie verheiratet sind.«

Heuser blickt zu Pipela hinüber. Er steckt sich eine neue Zigarette in den Mund. Schmahl gibt ihm Feuer.

»Ich hab zu meiner Ehemaligen gesagt: Wenn einer kommt, der mir dich stiehlt, der stirbt! Und wenn er dich stiehlt, dann stirbst du mit! Da habe ich sie zehn Jahre später dran erinnert, und dann lügt die noch, sagt, ich hätte sie geschlagen. Und da sagt das Gericht: Boxer? Schlagen! Gemeingefährlich! Und dann sagt der noch: der stirbt und sie stirbt mit. Gemeingefährlich heißt das für die!«

»Wer hat nicht schon mal in der Erregung gesagt: Ich schlag dich tot, oder hat sich mal vergriffen oder so?« sagt Schmahl zu Pipela. »Wem ist das nicht passiert? Das ist doch so'n Ausdruck: Ich schlag dich kapott! Das meint man ja gar nicht so. Das ist doch mehr so'n Ausdruck: Mann, den schlag ich kaputt, oder so.«

»Ach, es ist traurig, daß die die mir geklaut haben.« Heuser hat Schmahl nicht zugehört. Er monologisiert, spricht leise vor sich hin. »Ich war so glücklich und zufrieden...« Dann bricht er ab. Schmahl kramt aus der Gesäßtasche seiner Trainingshose eine Geldbörse. Zieht zwei Fünfzigmarkscheine heraus, reicht sie Heuser, unterm Tisch.

»He! Tu dir die mal weg!«

Heuser nimmt die Scheine.

»Dankeschön.«

»Tu die dir mal gut weg!«

»Zigaretten und so«, sagt Pipela.

Heuser nimmt ein altes Portemonnaie aus der Innentasche seiner Anzugjacke, steckt das Geld ein.

»Demnächst«, sagt Pipela, »wenn ich dich holen komme«, er deutet auf Heusers Portemonnaie, »ich hab noch ein paar schöne Portemonnaies daheim. Der alte Hund da, der ist doch nix mehr. Ich hab nämlich paar, die ich gar nicht mehr brauche.«

»Ich war so glücklich und zufrieden«, Heuser greift den Faden von vorhin wieder auf. Er erzählt jetzt, flüssiger als bisher, aber immer noch undeutlich artikulierend.

»Hätte ich meinen Doktor Goebbels noch mal, dann ging es mir besser. Was meinste, wenn ich ein Nazi gewesen wär, was es mir wohlgegangen wär. Das tut mir leid, daß ich keiner war. Denn ich habe den Mann verflucht und verdonnert. Über den Doktor Goebbels, über den hab ich geschimpft, wie ein Kroat. Verbrecher. Und daß das Verbrecher waren, das wissen wir ja. Sonst hätten sie keinen Krieg angefangen. Und das war der Krieg, durch den Krieg war ich so erbost. Ich konnte eben nicht das Unrecht verstehen. Und wie der den Amerikanern den Krieg erklärt hat, da brüllte der ›Unsere Feinde, unsere Feinde‹. Und ich habe gesagt: ›Ich habe keine Feinde und das sind meine Freunde!‹«

»Die Amerikaner, klar«, sagt Pipela, »du warst ja ein paar Jahre drüben.«

»Und da hat der mir die ›Freunde‹ gegeben. Da kriegte ich Feuer. Jedesmal Einberufung. Hin und her. Und daß ich nicht boxen sollte. Der wollte mich fertig machen.«

»Lizenz entzogen?« fragte Schmahl.

»Wollten, wollten. Und ich war doch kein Nazi. Ich hab nur gesagt: Du sollst nicht töten! Einmal hab ich mit ihm ein Gespräch gehabt, in so 'ner Versammlung, und da hab ich gesagt: Du sollst nicht töten! Und: Wenn Sie mich erledigen wollen, stellen Sie mich an die Wand, legen Sie mich um und so was.«

»Und da war Ende mit der Freundschaft«, sagt Schmahl.

»Ja, das hat mir den Hals gebrochen.«

Aus dem Aufenthaltsraum nebenan kommt wieder das schreckliche Schreien.

Schmahl und Pipela schauen sich an. Es ist Zeit, aufzubrechen.

»Ich hab noch 'ne Frage«, sagt Schmahl. »Wenn du jetzt nach Köln

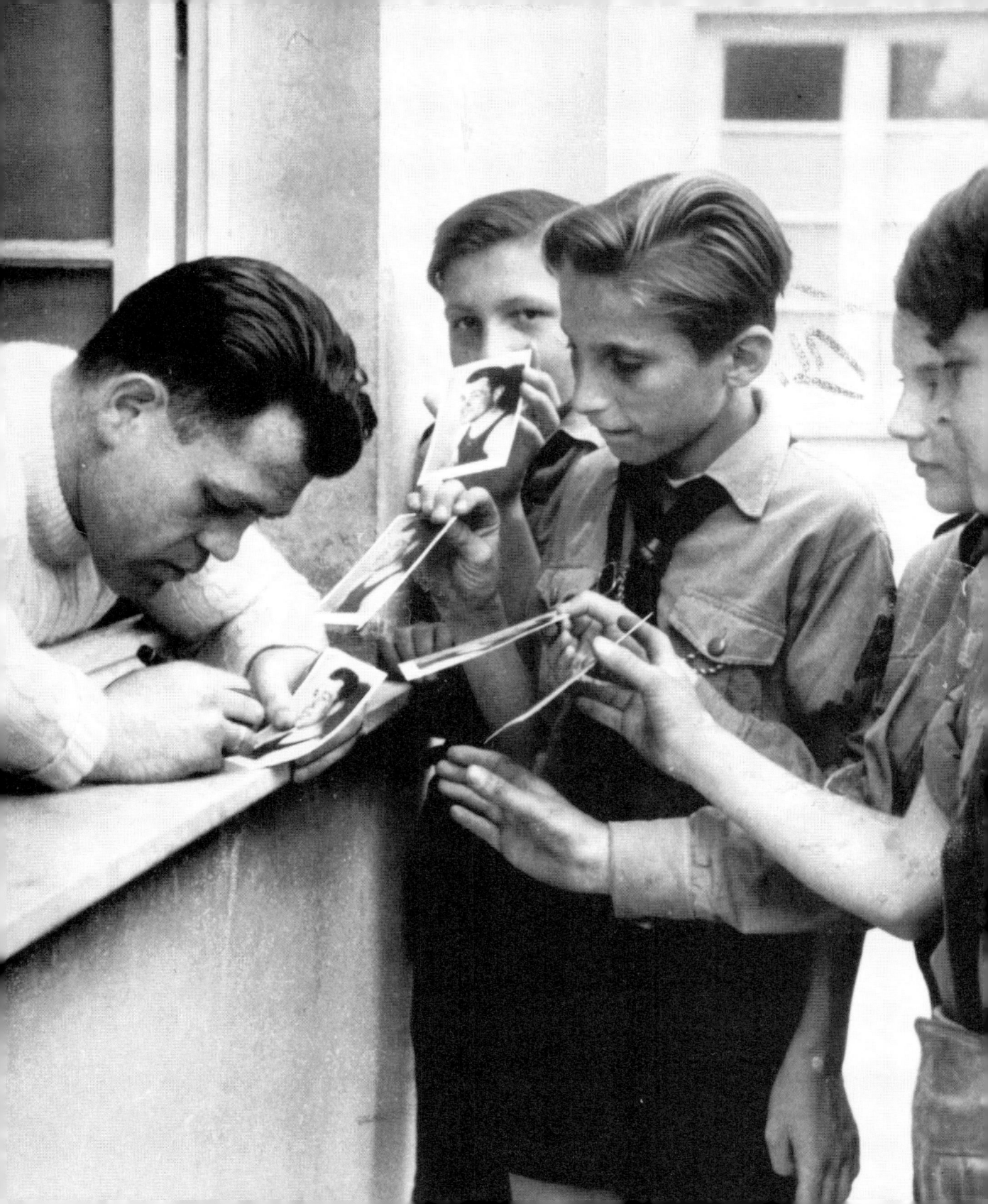

zum Boxen kommst am 26., hast du da irgendeinen Wunsch, was wir mal machen sollen? Oder wo du mal hin willst? Mal was besonderes zum Essen oder sonst was?«

»Ein Steak«, sagt Pipela.

»Ach, ’nen besonderen Wunsch hab ich doch nicht. Nur eins: eine neue Frau!«

»Müssen wir mal die Ehevermittlung anrufen«, sagt Schmahl »vielleicht ist was da.« Er sagte es im Scherz.

»Die paar Mark hat«, sagt Heuser, »damit ich einen Prozeß machen kann. Ich bin entmündigt, enterbt, des Armenrechtes beraubt. Denn es heißt im Bundesgesetzbuch...«

»Jeder ist vor dem Gesetz gleich«, sagt Schmahl.

»Warum geben die mir keinen Prozeß?«

Der Stuttgarter Kampf 1939 war weder für Schmeling noch für Heuser der letzte gewesen. Schmeling bestritt danach noch fünf, Heuser weit über 30 Kämpfe. Aber die 71 Sekunden in der Adolf-Hitler-Kampfbahn waren für beide Boxer doch einem Schlußpunkt ihrer Karrieren gleichgekommen. Es war für beide der Kampf gewesen, nach dem sie hätten aufhören sollen.

Schmeling machte der Krieg eine Strich durch seine Pläne, noch einmal zu einem Weltmeisterschaftskampf in den USA anzutreten. Heuser bestritt zwar seine von der Sportpresse hochgelobten Kriegskämpfe – im Gegensatz zu Schmeling und trotz seines Ärgers mit den Nazis hatte das Berufsboxen ihn weitgehend vom Wehrdienst befreit –, 1942 wurde Heuser gegen Lazek sogar noch Deutscher Meister im Schwergewicht. Aber es wurden immer mehr Ringschlachten als Boxkämpfe, schwerste Auseinandersetzungen, in denen er sehr viel einstecken mußte. Im gleichen Jahr, in dem er den Titel gewonnen hatte, verlor er ihn auch wieder, gegen Walter Neusel, den Boxer, gegen den Max Schmeling 1948 seinen drittletzten Kampf bestreiten und ebenfalls verlieren sollte. Beide, Schmeling wie Heuser, boxten nach dem Krieg nämlich weiter. Beide aus dem gleichen Grund: der Krieg hatte ihr schwer erkämpftes Geld vernichtet.

Doch ist dies nur bei oberflächlichem Hinschauen eine Parallele in der Laufbahn beider Boxer. Wie überhaupt alle Ähnlichkeiten ihrer Karrieren eigentlich nur äußerliche sind. Ein Leben liest sich von seinem Ende, von seinem »Ergebnis« her. Und so erscheinen selbst Schmelings schwerste Niederlagen – die gegen Max Baer 1933 und gegen Joe Louis 1938 – in einem weniger tragischen Licht als die Niederlagen, ja als die Siege Adolf Heusers.

Alles an dem Leben dieses Boxers will, vom Ergebnis her betrachtet, nunmehr als tragisch erscheinen. Schon sein Boxstil, der alle Kräfte, alle Reserven zur Verausgabung brachte, immer auf Ganze zielte, alle Risiken einging, ständig am Rande des Äußersten, der Vernichtung. Dagegen Schmelings Vorsicht, sein Abwarten, sein zögerndes Die-Chance-Suchen. Und außerhalb des Rings: Heuser linkisch, unbeholfen, ein wenig einfältig. Schmeling dagegen ein Weltkind, schon in den 20er Jahren umgeben von der Prominenz seiner Zeit.

Doch gibt es einen biographischen Punkt, an dem sich die beiden Lebensläufe ganz nahe kommen, eine weitere Parallelität, die freilich, pars pro toto, bei Schmeling sich hin zum Glücklichsten, bei Heuser hin zum größten Unglück entwickelte. Über den Sportredakteur des Berliner *12-Uhr-Blattes*, Willi Fandel, hatte der Reichspropagandaminister dem Boxer Heuser die Bekanntschaft eines Filmsternchens namens Charlotte Daudert vermittelt. Heuser hatte sich zeitlebens schwer mit Frauen getan. Er war kein Frauentyp. Und die Daudert war eine im höchsten Maße beunruhigende Schönheit, die blinkte und glitzerte und die Atmosphäre ringsum ionisierte. Die Daudert und die »Bulldogge vom Rhein« – ein neues Traumpaar am braunen Sternenhimmel, gleich neben Anny Ondra und Max Schmeling. So hatte der schlaue Klumpfuß sich das wohl ausgerechnet. Ein schlagzeilenfüllendes Bilderbuchpaar, Schönheit, Erfolg und teutonische Schlagkraft in stillem privaten Glück vereint. Fast hätte es auch funktioniert. Die Schöne schleppte den Boxer wochenlang durchs Berliner Leben, Heiratsgerüchte kursierten und wurden schließlich doch wieder dementiert.

Einmal auf den Geschmack gekommen, entschied sich Heuser dann doch für eine andere, allerdings schlichtere, weniger schillernde Schönheit. Eine, an die heranzukommen ungleich schwerer war als an die Goebbels-Vermittelte. Aber den leichten Weg zu gehen, gehörte auch nicht zu Heusers Eigenschaften. Die »Berliner Gräfin«, sagten die Leute später, als das frisch verheiratete Paar zurück an den Rhein, in Heusers Haus nach Weiss zog. Sie war keine Gräfin. Sie war vor Heuser lediglich mit einem brandenburgischen Adligen verheiratet gewesen. Die Scheidung hatte Heuser einen Haufen Geld gekostet. Es war die Frau, die am 2. Juli 1939 zu ihm, dem bewußtlos am Boden Liegenden, in den Ring gestiegen war. Die ihm 1944 dann einen Sohn gebar. Eine ordentliche, häusliche, eine brave Frau, sagen die Leute in Weiss. Eine Frau, die ihm nie einen Grund zur Eifersucht gegeben hat, sagen die Leute.

Die Eifersucht, die ihn heute noch verzehrt, ihm 35 Jahre nach der Scheidung, 16 Jahre nach dem Tod seiner Frau noch den Schlaf raubt, ihm böse Träume eingibt, Rachepläne diktiert, ihn nicht ruhen läßt, diese Eifersucht hatte kaum etwas mit dieser Frau zu tun. Sie hätte ihn wohl auch befallen, hätte er damals das Berliner Filmsternchen geheiratet oder jemand ganz anderes. Nie und nimmer hätte Adolf Heuser zu einem Traumpaar à la Ondra-Schmeling getaugt. Was ihm fehlte, war eine glückliche Natur. Er war einfach kein Sonntagskind.

Man sagt, er sei schon vor dem Krieg »gemütskrank« gewesen. Phasen größter Niedergeschlagenheit hätten sich mit solchen ungebärdiger Euphorie, aber auch mit ungezügelten Anfällen von Zorn und eben: von Eifersucht abgewechselt.

Heuser war depressiv. Die Ursache dieser Depression? Damals lag sie gewiß nicht im Boxen, in den Schäden, die es einem Kämpfer wie Heuser zufügt. Das kam erst nach dem Krieg.

Am 18.Oktober 1944 fiel die einzige Bombe auf Weiss, die während der gesamten Kriegsdauer dort abgeworfen wurde. Niemand weiß, warum. Ein Notabwurf? Eine Laune der Bomberbesatzung? Die Bombe traf Heusers Haus und zerstörte es, über seinem Kopf brach es zusammen, eine einstürzende Mauer verletzte ihn am Rückgrat. 1945 verlor er das übrige Vermögen, das er sich erboxt hatte und bei Banken angelegt hatte. 300.000 Mark gingen auf Ost-Sperrkonten kaputt. Er verdingte sich als Maurer, versuchte sich eine Existenz mit einer Boxschule in Bonn aufzubauen, schließlich mit einer Kneipe – vergeblich. Dann boxte er wieder. Nicht mehr um Titel. Diesmal boxte er um sein

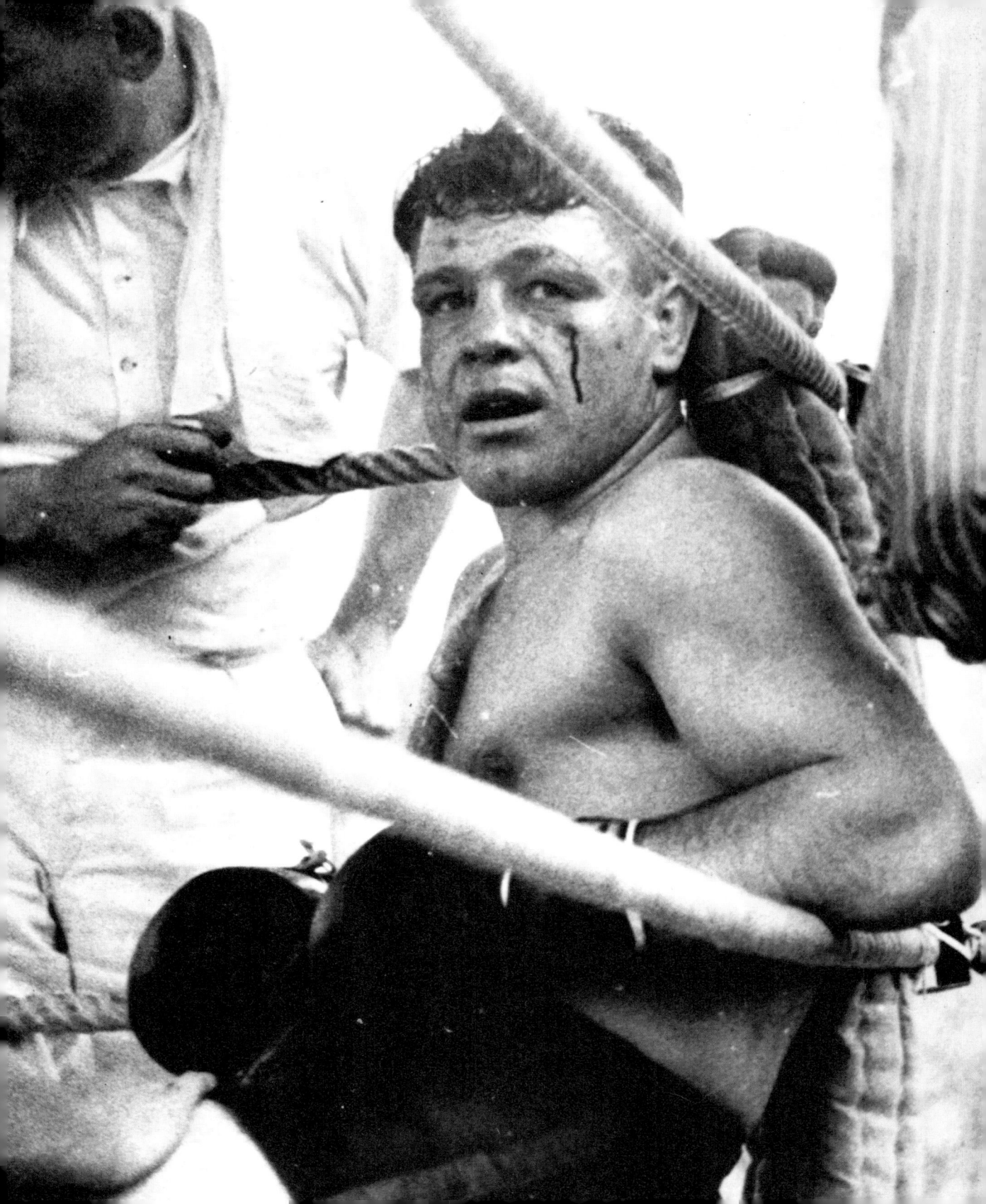

Leben. Er boxte für 200 Mark pro Kampf. Rund zwanzigmal zwischen 1946 und 1949. Manchmal, für eine oder zwei Runden, zeigte er in jenen Nachkriegsjahren sein altes Können. Die anderen Runden wurde er geschlagen, im Wortsinne geschlagen, ging unter unter den ungenau plazierten Schlägen der Zweit- und Drittklassigen, der Jüngeren, die ihren Ehrgeiz dareinsetzten, einen Adolf Heuser auf ihrer Rekordliste zu führen.

Sein letzter Gegner war ein Hamburger namens Janke. Der schlug den 42jährigen in der 5. Runde k.o. Heuser blieb danach bewußtlos, mußte ins Krankenhaus. Eine zeitlang blieben seine Beine gelähmt. Folge einer traumatischen Schädigung des Gehirns, die auszukurieren ihm das Geld und die Zeit fehlten. Zuletzt, bevor man ihn in die Bonner Landesklinik brachte, hatte er als Pferdepfleger gearbeitet.

Bis zur Friedrich-Ebert-Brücke fahren sie schweigend. Pipela konzentriert sich auf den Verkehr, schaut geradeaus. Schmahl hat wie immer das Wagenfenster heruntergekurbelt, sieht hinaus, raucht.

»Also verrückt ist der nicht, auf keinen Fall«, sagt schließlich Pipela.

»Ach was!« Mit einer ärgerlichen Geste wirft Schmahl seine Kippe zum Fenster hinaus. »Der spricht doch ganz vernünftig. Klar, der wiederholt immer wieder das ein und selbe. Aber ist doch normal, nach 40 Jahren in der Anstalt. Das ist die Anstalt. Stell dir mal vor, du sitzt da so lange drin. Ruhiggestellt. Was dir da alles durch den Kopf geht!«

»Und dann biste am Grübeln und am Grübeln. Aber dann biste noch lange nicht verrückt!«

Die Sonne in ihrem Rücken nähert sich dem Horizont. Sie sind jetzt wieder auf der A 59. Es ist noch warm. Ein lauer Maiabend beginnt. Schmahl läßt wieder seinen rechten Arm im Fahrtwind baumeln.

»Kann ja sein, daß seine Alte ihn mal ausgeschmiert hat. Hat er ihr paar gegeben. Ist durchgedreht. Aber das passiert doch jedem!«

Pipela geht ein wenig vom Gas, fährt jetzt 110. Er denkt nach.

»Aber was der erzählt von 'ner neuen Frau und so, das ist doch...«

»Quatsch. Das geht doch gar nicht!« sagt Schmahl. »Wer will sich denn um den kümmern, wenn der draußen ist? Würdest du das tun? Nee. Ich auch nicht. Der ist doch mittlerweile ein Pflegefall.«

60

»Ich glaube, der ist da in der Anstalt ganz gut aufgehoben. Du holst den am 26. zum Boxen, und dann tun wir mit dem bei mir im Laden was essen, ein Bier trinken. Das ist doch mal was anderes für den!«

»Genau«, sagt Pipela. »Und wenn demnächst noch mal was ist, 'ne Veranstaltung von der Aurora oder so, dann hol ich den noch mal.«

»Mehr kann man da wirklich nicht tun«, sagt Schmahl.

Bübs Brautfahrt

Dicke ham's auch schwer mit Frauen,
denn Dicke sind nicht angesagt.
Drum müssen Dicke auch Karriere machen,
mit Kohle ist man auch als Dicker gefragt.

Und darum bin ich froh, daß ich kein Dicker bin,
denn dick sein ist 'ne Quälerei.
Ich bin froh, daß ich so ein dürrer Hering bin,
denn dünn bedeutet frei zu sein.

Marius Müller-Westernhagen

Jeder Verein, jeder Kegel-, Fußball- oder Skat-Club hat seinen Dicken. Meistens sitzen die Dicken im Vorstand und sind Erster Kassierer. Leibesumfang und Fett prädestinieren für den Umgang mit Geld, Verantwortung, Macht. Trotz ihrer Wabbeligkeit und ihrer Schweißausbrüche strahlen sie für die anderen Ruhe, Gelassenheit und Gerechtigkeitssinn aus. Deshalb brauchen sie sich nicht auf die Kassiererposten zu drängen, sondern werden einfach gewählt. Was nicht heißt, daß den Dicken Machtgelüste abgingen. Einmal auf dem Kassiererstuhl sitzend, verteidigen sie mit Zähigkeit und feinsinnigem Gespür für Intrigen ihren Einfluß. Und so werden sie oft nach einiger Zeit Erster Vorsitzender oder Präsident. Dicke brauchen nämlich Macht, Geld und Intrigen. Sie kompensieren damit die in der Natur ihres Leibesumfanges liegenden Unzulänglichkeiten. Was ihnen an körperlicher Beweglichkeit gebricht, machen sie durch Schläue wett. Und was ihnen an erotischer und sexueller Befriedigung abgeht, holen sie durch den Umgang mit Macht und Geld wieder herein. So erscheinen sie alles in allem als ausgeglichene und auf eine geheimnisvolle Weise sogar glückliche Menschen. Aber wer schaut schon in die Seele eines Dicken hinein!

Büb war ein ganz außergewöhnliches Exemplar. Ein Durchschnittsdicker bringt es auf zweieinhalb bis dreieinhalb Zentner. Büb wog dreihundert Kilogramm. Das sind sechs Zentner. Oder sechshundert Pfund. Sie waren keineswegs gleichmäßig auf und an Bübs Körper verteilt. Sein spärlich mit krausen, aschblonden Haaren bedeckter Kopf erschien im Vergleich zum restlichen Körper winzig, wie der eines eben geborenen Säuglings, fleckig-rot und verknittert. Ein das Haupt mit den Schultern verbindender Hals war nicht zu erkennen. Die Schultern selbst hatten eine Breite, wie man sie früher bei rachitischen Zehnjährigen fand. Doch von den Schultern abwärts nahm Bübs Gestalt wahrhaft gargantueske Formen an. Dort, wo bei anderen die Brustmuskulatur sitzt, hingen bei Büb amorphe Fettmassen, überdimensionalen Brüsten gleich, schlaff herab. Darunter wölbte sich ein Bauch von so tonnigen Ausmaßen, daß Büb auf ihm nicht nur ein, sondern bequem einen ganzen Kranz voller Kölschgläser hätte abstellen können. Natürlich bot sein Bauch nicht nur solche praktischen Vorteile. Äußerst beeinträchtigend wirkte, daß ihm – und das, solange er zurückdenken konnte – die Sicht auf seine untere Körperhälfte völlig verdeckt war. Lediglich im großen Kleiderschrankspiegel konnte Büb – aber nur, wenn er sich so postierte, daß der Bauch keinen Schatten warf – sein winziges Geschlechtsteil erkennen.

Eines Tages, ein paar Wochen vor Beginn der Saison, gelang Büb in seiner Eigenschaft als Kassenwart seines Fußballvereins ein glänzender Coup. Auf der Suche nach einem neuen Mittelfeldspieler war er bei einem belgischen Club auf den idealen Mann gestoßen, auf einen kölschen Legionär namens Männ. Büb fuhr mit ein paar Vorstandskollegen nach Brügge und es gelang ihm dort nicht nur, den neuen Mann glatt von dessen Verein loszueisen. Der kolossale Kassenwart verhandelte so geschickt, daß er die vorher vereinbarte Ablösesumme um ganze sechstausend Mark drücken konnte. Den Spieler, Männ, nahmen sie gleich mit. Auf dem Heimweg, in Aachen, machten die Fußballfreunde Zwischenstation und begossen das gelungene Geschäft. Büb, im Hochgefühl seines Erfolges, kam, was recht selten geschah, in Geberlaune.

»Jungs, wir gehn ins Kasino! Ich spendiere jedem fünfhundert!«

Männ erwies sich schon am ersten Abend als Glückstreffer. Während Büb und die anderen ihre fünfhundert innerhalb von zwei Stunden verspielt hatten, lud Männ gegen zwei Uhr in der Frühe vor den neidglänzenden Augen der Fußballfreunde einen ganzen Berg Hunderter auf einem der Restauranttische des Kasinos ab.

»Das wird verbraten!« sagte er. Und nach einer kleinen Pause fügte er hinzu: »Gemeinsam!« Männ wußte, wie man sich Freunde macht.

Zwei Tage später setzten sich die Belgienfahrer in der Stammkneipe des Vereins zusammen, um zu beratschlagen, was mit dem Gewinn zu tun sei.

»Ich meine«, begann Büb nach den einleitenden Kölschrunden, »ich meine, daß das eigentlich Vereinsgeld ist!«

Männ sah nicht von seinem Glas auf. »Und ich meine«, sagte er betont langsam, »daß du nicht richtig im Kopf bist.«

Die anderen stimmten ihm zu.

»Daß du 'ne Knieskopp bist, das wußten wir, aber so eine Karrigkeit, nä!«

»Quatsch Knieskopp!« Büb blieb ungerührt. »Das war Vereinsgeld. Was eingesetzt worden ist und was verloren worden ist. Logisch, daß der Gewinn auch Vereinsgeld ist.«

Die Runde war erschüttert angesichts dermaßen kaltblütiger Betrugsmanöver des Ersten Kassierers. Erst nach stundenlangem Feilschen gelang es, wenigstens die Hälfte von Männs Gewinn für private Belange zu retten. Aber was damit tun? Einer schlug ein Festmahl im *Goldenen Pflug* vor. Aber von dem zur Verfügung stehenden Geld hätten sie mindestens fünfmal in den *Goldenen Pflug* gehen können. Ein anderer schlug eine Moseltour vor. Männ winkte ab. Das war ihm zu billig. Büb, der eine halbe Stunde beleidigt geschwiegen hatte, plädierte mit belegter Stimme für eine sinnvolle gemeinsame Insvestition: steuerfreier Ankauf von Krüger-Rand in Luxemburg. Auch sein Vorschlag wurde einhellig verworfen. Die Mehrheit der Runde zeigte sich eindeutig genußorientiert. Als schließlich der Vorschlag kam, in einem Sauna-Club richtig einen draufzumachen, kam wieder Aufregung in die mittlerweile müde vor sich hintrinkende Runde. Kein Problem, da würde man die Scheine schon loswerden. Nur Büb sah ausdruckslos über die Köpfe der anderen hinweg und sinnierte über steigende Goldpreise. Dann hatte der welterfahrene Männ die definitive Idee. Er rechnete die Angelegenheit kurz durch und bat ums Wort: Eine gemeinsame Tour mit einem Bumsbomber nach Bangkok. Das war es. Nicht nur viel abenteuerlicher, sondern auch in der Preis-Leistungsrelation viel effektiver als ein ordinärer Puffbesuch. Damit war die Diskussion beendet. Beschlossen und verkündet. Alle waren begeistert. Außer Büb.

»Was soll ich denn da?« fragte er mit gelangweilter Miene.

»Komm, Büb, vielleicht findest du da auch mal eine!«

Sie klopften dem Dicken begütigend auf die schmalen Schultern.

Die Behauptung, Büb habe sexuelle Probleme gehabt, wäre so nicht richtig gewesen. Er verschaffte sich schon irgendwie das, was er brauchte. Aber eben nur irgendwie. Sein sexuelles Problem war mehr technischer Natur. Noch nie in seinem Leben hatte Büb mit einer Frau geschlafen, und zwar deswegen, weil ihn nie eine an sich rangelassen hatte, aus Angst erdrückt oder zerquetscht zu werden. Bübs gelegentliche sexuelle Hausmannskost bei den Damen des Gewerbes – anderen hatte er sich nie zu nähern gewagt – war aus den Ersatzzutaten bereitet, deren Genuß sein absonderlicher Körperbau gestattete. Seine ablehnende Haltung den Bangkok-Plänen der Fußballfreunde gegenüber beruhte auf nichts als auf der eben allzu geringen Hoffnung, daß ausgerechnet bei den so unglaublich zierlichen fernöstlichen Damen das Blatt seiner geschlechtlichen Monotonie sich wenden könnte. Fast hätte er Männs Vorschlag abgelehnt. Fast hätte er sich seinen Anteil bar auszahlen lassen. Fast wäre er um sein größtes Glück gekommen. Aber dann willigte Büb doch ein.

Am zweiten Weihnachtstag hob der Jumbo in Frankfurt ab und nahm Kurs auf die fernöstliche Metropole. Im Gegensatz zu seinen Begleitern dachte Büb während des Fluges keinen Augenblick an die abertausend Mädchen, die ihn am Ziel erwarteten. Seine Gedanken kreisten um das vergangene Weihnachsfest, und, quer in den beiden Flugzeugsesseln liegend, die Männ für ihn hatte buchen müssen, ärgerte er sich jetzt zum hundertsten Mal über das Weihnachtsgeschenk seiner Mutter. Jedes Jahr war es das gleiche! Zuerst fragte sie ihn, was er sich wünschte, und dann schenkte sie ihm schließlich doch etwas völlig anderes, etwas, was er überhaupt nicht wollte. Letztes Jahr hatte er sich eine kleine Katze gewünscht. Und was hatte er bekommen? Einen Wellensittich! Dabei wußte sie seit Jahrzehnten, daß er Vögel nicht ausstehen konnte! Und dieses Jahr das gleiche Spiel. Statt des gewünschten Heimtrainers einen Plattenspieler! Natürlich wußte sie genau, daß er sich aus Musik überhaupt nichts machte! Während er die unerwünschten Weihnachtsgeschenke der vorvergangenen Jahre Revue passieren ließ, gärte in ihm eine Ahnung. Die Sache hatte System. Steckte vielleicht eine gezielte Absicht hinter dem verqueren Geschenkritual seiner Mutter? Aber er konnte den aufkeimenden Verdacht nicht weiter verfolgen. Die Schlaftabletten, die er irgendwo über dem Mittelmeer eingenommen hatte, begannen zu wirken.

Bangkok war sicher einmal eine sehr schöne Stadt. Einige ihrer Schönheiten gibt es auch heute noch. Wer sich dafür interessiert – für Pagoden, Klöster und Paläste –, muß sie allerdings suchen in Schluchten von Wolkenkratzern und hinter Gebirgen verspiegelter Bankfassaden.

Die Fußballfreunde um Büb machten sich nicht die Mühe, sie zu suchen. Schließlich befanden sie sich nicht auf einer Bildungsreise.

Ihr Hotel stand mitten im mehrere Quadratkilometer großen Vergnügungsviertel zwischen Innenstadt und Hafen und die Fußballer sahen sich nicht vor die Notwendigkeit gestellt, dieses Viertel zu verlassen. Schon schwer angetrunken aus dem Flugzeug gestiegen, machten sie sich, nach Taxifahrt und Ankunft im Hotel, sofort auf an die Bar und tranken weiter Whisky-Cola. Nach kürzester Zeit hatte jeder von ihnen nicht nur ein Whisky-Glas in der Hand, sondern auch ein Mädchen auf den Knien, das ihnen die freie Hand streichelte und auf die unrasierten Wangen sanfte Küsse drückte.

»Das ist es doch!« sagte Männ, die Hände um die Brüste gleich zweier Mädchen gelegt. »Das findest du doch in keiner Sauna zwischen Köln und Bonn! Und wie lecker die sind. Guckt euch das mal an!«

Da er keine Hand frei hatte, wies er mit dem Kinn auf den Kopf eines Mädchens, der soeben liebkosend in seinem bis zum Nabel geöffneten Hemd verschwand.

»Und dann für das Geld!« fuhr er fort. »Paßt mal auf, ich mache die jetzt alle zusammen für 'ne nette Party bei mir auf dem Zimmer klar!«

Büb erstarrte. Das Mädchen in seinem Nacken – auf seinem Schoß hatte sie keinen Platz gefunden – mußte seine Erstarrung für eine Form der Ablehnung gehalten haben und begann jetzt um so heftiger, seine schütteren Haare in Unordnung zu bringen. Aber Büb hatte lediglich an das Gelächter der anderen gedacht, angesichts seiner fruchtlosen Versuche. Nach ein paar Minuten – die Truppe hatte auf Männs Vorschlag hin noch einmal Whisky-Cola-Nachschub für die Zimmer-Party bestellt – flüsterte Büb dem Mädchen seine Zimmernummer zu und trug ihr auf, ihm in angemessener Zeit zu folgen. Dann verschwand er.

Die folgenden beiden Tage widmete die Reisegruppe fast ausschließlich dem Geschlechtstrieb. Kaum einmal verließ einer für einen kurzen Spaziergang die klimatisierte Atmosphäre des Hotels. Während die Mannschaft um Männ sich den merkwürdigen Reizen kollektiver Sexualpraktiken verschrieben hatte, blieb Büb mit dem jeweiligen Mädchen alleine auf seinem Zimmer.

»Ich glaube, du bist ein bißchen pervers, oder?« sagten sie, wenn sie merkten, daß er sich wieder separierte. »Aber uns soll es ja egal sein. Jede Jeck is anders!«

Natürlich wußten sie um sein Gebrechen. Aber sie sprachen nicht darüber. Jedenfalls nicht in seiner Anwesenheit. Denn Büb besaß nicht nur die Gestalt sondern auch das Gedächtnis eines Elefanten. Und er konnte sehr nachtragend sein.

Irgendwann am Nachmittag des dritten Tages ihrer Bangkok-Reise saßen sie wieder zusammen in der Hotel-Lobby, umgeben von den unvermeidlichen Siamesinnen. Büb war nicht dabei. Mit einem »Bin mal eben Luft schnappen!« hatte er sich bereits am Morgen absentiert und war im Dickicht des Vergnügungsviertels verschwunden. In der Lobby floß Whisky-Cola in Strömen, wie immer, doch Männ wirkte grau und unzufrieden.

»Also irgendwie ist es das nicht mehr hier!« dozierte er. »Früher war das doch anders. Da waren die Mädchen nicht so aufdringlich, wißt ihr. Nicht so hinter jedem Groschen her. Das extra und das extra und das gar nicht. Das gab es früher nicht. Da tatste einem ein Kleidchen oder sowas kaufen, und dann ging die mit dir, die ganze Nacht und den Tag auch noch, wenn du wolltest. Das war alles viel einfacher, gemütlicher. Aber heute?«

Die Runde um ihn nickte zustimmend, obwohl alle das erste Mal in Bangkok waren. Aber Männ mußte es schließlich wissen.

»Ich glaube,« fuhr der polyglotte Mittelfeldspieler fort, »das nächste Mal fahren wir nach Afrika. Kenia oder so. Da, hab ich gehört, da muß richtig noch die Post abgehen. Und das sind ja auch Weiber, die Schwarzen, da ist richtig was dran!«

Wieder nickten die anderen. Aber seinen Zukunftsplänen konnten und mochten sie im Moment nicht folgen. Versonnen glitten ihre Hände über Brüste, Taillen und Hintern der sie umgebenden Siamesinnen. Und dann stand plötzlich Büb vor ihnen. Büb lächelte, breit, rosig und glücklich. So hatten sie ihn seit ihrem Abflug nach Bangkok, nein, eigentlich überhaupt noch nie erlebt.

»Büb, was ist denn mit dir?« In Männs Stimme schwang echte Besorgnis.

Bübs stummeliger Zeigefinger legte sich auf seine kleinen, sich spitzenden Lippen, während sein Blick nach unten wanderte. Neben ihm stand händchenhaltend eine kleine Siamesin. Männ taxierte sie auf maximal 40 Kilogramm.

»Sue Wong«, sagte Büb leise und feierlich, als enthülle er ein Denkmal.

»Aha, angenehm«, murmelte die Runde der Fußballfreunde irritiert, denn sie waren es nicht gewohnt, daß die Identität eines der zahllosen Mädchen von Bedeutung sein könne.

Büb machte eine Bewegung mit beiden Armen, als wolle er fliegen.

»Ich bin mal oben«, flüsterte er des Sprechens kaum mehr mächtig und entschwand. Sue Wong, halb so groß wie Büb und ein Sechstel seiner Breite einnehmend, trippelte hinterdrein.

Den Fußballfreunden blieb der Mund weit offen stehen. Stumm blickten sie sich an. Etwas Unglaubliches mußte geschehen sein, etwas von gleichsam historischer Tragweite.

Männ fand als erster die Sprache wieder: »Also, das müssen wir uns ansehen!«

Auf Zehenspitzen schoben sich die Freunde über den Hotelflur und näherten sich Bübs Zimmer. Die Tür war nur angelehnt. Büb hatte gewußt, daß er den Kameraden das Ereignis unter Beweis stellen mußte, unter einen augenfälligen Beweis. Und den schien er in der Tat zu erbringen. Der Blick der im Türrahmen stehenden Männer fiel auf die gewaltige unbekleidete Rückenansicht Bübs, der bäuchlings auf dem Bett lag. Von Sue Wong war nichts zu sehen. Doch es gingen feine rhythmische Bewegungen durch den gigantischen rosafarbenen Fleischberg. In gemächlichem Tempo kräuselten leichte Wellen die glatte, unbehaarte, den Rücken bedeutende Fettschicht bis hinauf zu den mächtigen Wülsten unterhalb der Schultern. Zentrum dieses sanften, aber stetigen Rhythmus war Bübs breiter, faltiger, blond behaarter Hintern, der sich im Takt eines mittelschweren Dampfhammers hob und senkte. Dieses Schauspiel vollzog sich eine Weile stumm. Dann geriet der Rhythmus leicht ins Stocken. Die Bewegung hörte auf, um dann mit erhöhter Geschwindigkeit wieder einzusetzen. Schweißperlen traten aus Bübs Rückenporen. Leise schlossen die Fußballer die Zimmertür.

Büb verstand es, sein Glück zu teilen. Seine Gesichtszüge, sonst verknittert und griesgrämig, glätteten sich von Stunde zu Stunde, der Ausdruck einer reinen, unschuldigen Seligkeit breitete sich auf ihnen aus. Er bezahlte jede Rechnung der Fußballfreunde, die sich, je länger der Bangkok-Urlaub dauerte, immer häufiger trinkend an der Hotel-Bar rumlümmelten, als sich mit Mädchen auf ihren Zimmern aufzuhalten. Doch während sie des Amüsierens allmählich müde geworden waren, verschwand Büb mit Sue Wong, die er keinen Augenblick von seiner Seite ließ, alle paar Stunden in die oberen Gemächer des Hotels. Sein Glück war umfassend und am Abend des drittletzten Tages vor ihrer Abreise verkündete er den Freunden: »Wir heiraten!«

Verblüfftes Schweigen. Keiner fand auf Anhieb das rechte Wort. Sie hatten nach Bübs Glückstreffer mit einigem gerechnet, aber heiraten? Schweigend starrten sie ihn an.

Als erster gewann Männ die Fassung wieder. Er begriff den Ernst, der in Bübs Ankündigung lag.

»Prima, Büb! Na, dann herzlichen Glückwunsch!« Und mit einem kurzen Blick auf die anderen fügte er hinzu: »Von uns allen!«

Und Männ war es dann auch, der das Weitere in die Hand nahm. Gleich am nächsten Tag organisierte er Bübs Hochzeit in Bangkok. Entgegen ihren Erwartungen ging das fast reibungslos vor sich, ja, es hatte den Anschein, als wären die Behörden froh darüber, Sue Wong an einen solch stattlichen Mann in Deutschland vermitteln zu können. Einen Tag vor ihrer Abreise streckte der siamesische Standesbeamte strahlend beide Hände dem vor Aufregung schweißnassen Büb entgegen, um ihm zu gratulieren. Die Fußballfreunde umringten ihn und seine zierliche Braut, brüllten im Chor »Zicke-Zacke-Zicke-Zacke-Hoi-Hoi-Hoi!«, überreichten einen ungeheuren Strauß mit exotischen Blumen und betranken sich darauf gemeinsam mit dem Bräutigam bis an den Rand der Besinnungslosigkeit. Männ stieß etwas später zu der Festgesellschaft. Er hatte noch ein paar Ferngespräche geführt und einige Telegramme verschickt.

Als Büb in Frankfurt aus der Maschine stieg, war er der Frischeste von allen. Der lange Flug war ihm sozusagen im Fluge vergangen. Männ hatte für Sue Wong nicht extra einen Platz reservieren lassen, für Büb waren ja ohnehin zwei bestellt. Mit den beiden Sitzplätzen war, wie Männ richtig vorausgesehen hatte, das jung vermählte Paar auch ausgekommen. Vierzehn Stunden Flugzeit hatten sie eng umschlungen in inniger Liebkosung unbeschadet überstanden.

Am Ausgang der Zollabfertigung hatte sich der gesamte Fußballverein – einschließlich Damen- und Jugendabteilung – als Empfangskomitee eingefunden. Als Büb und seine Braut die Schranke durchschritten, ertönte wieder ein vielstimmiges »Zicke-Zacke-Zicke-Zacke-Hoi-Hoi-Hoi«, Blumensträuße wurden überreicht, Sektkorken knallten und Büb weinte. Das war der Höhepunkt seiner irdischen Laufbahn! Er, der bisher nur durch hinterlistige Schläue und Gerissenheit imponiert hatte, er, der dicke Büb, hatte endlich eine Frau gefunden! Und nicht irgendeine Frau! Er hatte eine schöne Frau! Und daß er sein Glück sich in den Augen der Vereinsfreunde widerspiegeln sah, daß sie ihn sehen konnten, ihn und seine Braut Hand in Hand auf dem Weg ins Eheglück, das trieb ihm ganze Sturzbäche von Tränen in die kleinen Äugelchen.

Zu einem eindrucksvollen Zug formiert, schritt die Versammlung durch die endlosen Gänge des Flughafens. Vorneweg, Vereinswimpel schwingend, die Jugendmannschaften, dann die Damenabteilung in Vereins-Trikots, dann das glücklich lächelnde Paar, dicht dahinter die Bangkok-Abenteurer, gefolgt vom Vorstand und der Ersten Mannschaft.

Männ hatte für eine weitere Überraschung gesorgt. Als sie endlich ans Tageslicht traten, wartete nicht etwa ein einfaches Taxi, um das Brautpaar aufzunehmen. Nein, eine weiße Kutsche, bespannt mit zwei Schimmeln, stand an der Rampe. Büb, dem die Tränen auf den Wangen nicht trocknen wollten, blickte sich um zu Männ. Der zwinkerte. Der Kutscher lupfte den weißen Zylinder, sprang vom Bock und öffnete den Schlag.

»Du mußt sie reinheben!« sagte Männ.

Am Abend langte die Kolonne, bestehend aus der bedenklich schräg liegenden Kutsche und den mit weißen Bändern geschmückten Autos der Vereinsmitglieder, in Rüdesheim vor der *Weinperle* an. Ein Sälchen war für die Hochzeitsgesellschaft reserviert, die Tafeln gedeckt.

»Hat eigentlich einer meiner Mutter Bescheid gegeben?« fragte der Bräutigam Männ während des Festessens.

»Klar, die sollte eigentlich mit dabei sein.«

Büb schwante Böses.

Doch es war nicht die Mutter, die diese traumhafte Periode im Leben des dicken Mannes zu einem ebenso jähen wie bösen Ende brachte. Zwar hatte Bübs Ahnung nicht getrogen: keineswegs wollte die Mutter das Glück ihres Sohnes teilen. Eifersüchtig hatte sie zwischen den Gardinen hervorgeäugt, als das Paar vor ihrer Haustür ankam. Eisig war die Mutter geblieben, als der Sohn ihr seine Frau vorstellte.

»Und die soll hier in meinem Haus wohnen?« hatte sie am Abend nach der Ankunft gefragt.

»Aber Mama!«

»Nix Mama! Das ist doch, das ist doch, ein Nüttchen ist das! Und dann noch mit so Schlitzaugen.«

»Mama!«

»Hör auf mit deinem ›Mama‹! Hast du es denn nicht gut gehabt bei mir, all die Jahre?«

»Doch, Mama«, sagte Büb, obwohl Zweifel an der unbedingten Zuneigung seiner Mutter an ihm nagten, seitdem ihm die Geschichte mit den verkorksten Weihnachsgeschenken so gründlich aufgestoßen war.

Im Laufe der folgenden Tage kamen die Verhältnisse dann doch einigermaßen ins Lot. Zumal Büb verkündet hatte, nun auch ein eigenes Heim für sich und seine Frau suchen zu wollen. Die Furcht, den Sohn damit ganz aus der Kontrolle zu verlieren, hatte zu einer nahezu liebevollen Umsorgung der Braut seitens der Mutter geführt.

Das Unglück kam, wie so oft, von ganz unerwarteter Seite.

Da die Trauung in Deutschland keine Gültigkeit besaß, bestellte Büb für sich und Sue Wong im Rathaus das Aufgebot. Es gab keine Schwierigkeiten, alles war in bester Ordnung. Der Termin für die Heirat stand fest und Männ organisierte die Vorbereitungen für ein großes Fest. Knappe vierzehn Tage waren es noch bis zum Termin. Büb lebte weiter wie im Rausch. Keinen Augenblick ließ er Sue Wong von seiner Seite und auch die Vereinsfreunde beglückte er mit beständiger Gegenwart. Ihnen wurde sein Gerede von den Freuden eines erfüllten Ehelebens manchmal schon zu viel. So kam es, daß sich eines Nachts nach einer wilden Zechtour einer nach dem anderen von Büb und Sue Wong verabschiedet hatte und selbst Männ von der Seite des dicken Freundes gewichen war. Gegen vier Uhr in der Frühe blieb das Paar alleine in der *Drachenburg* zurück. Büb war völlig betrunken. Seine Augenlider hingen herab, die Gesichtsmuskulatur erschlaffte und ein Speichelrinnsal lief ihm aus dem Mundwinkel. Der monströse Bauch hob und senkte sich wie im Tiefschlaf, die kurzen feisten Arme baumelten kraftlos an den schmalen Schultern. Sue Wong saß ein paar Schritte entfernt an der Theke und sog ihren siebzehnten Cocktail in dieser Nacht durch einen Strohhalm. Mit einem leisen zufriedenen Grunzen schlief Büb schließlich ein. Als er aufwachte, war die *Drachenburg* leer. Er rappelte seine sechs Zentner in die Höhe und sah sich nach Sue Wong um. Aber sie war verschwunden.

Tagelange, wochenlange Suchaktionen der Fußballfreunde blieben ergebnislos. Männ hatte mit reichlich Schmiergeld von einer Kellnerin herausgebracht, daß, während Büb schlief, ein stadtbekannter Zuhälter sich neben die Siamesin gesetzt hatte und diese nach zwei, drei Sätzen, die sie miteinander sprachen, ihre Handtasche genommen und mit dem Zuhälter die *Drachenburg* verlassen hatte. Vollkommen freiwillig, betonte die Kellnerin. Darauf konzentrierte sich die Suche auf sämtliche Saunaclubs und Puffs zunächst in Köln, dann in Düsseldorf, schließlich in Mannheim, Frankfurt, ja, bis nach Hamburg fuhr Männ. Nichts. Sue Wong blieb verschwunden.

Büb fand nie mehr eine vergleichbare Frau wie Sue Wong. Er bemühte sich auch gar nicht mehr, eine zu finden. Aber jedesmal, wenn er auf der Straße eine Siamesin zu Gesicht bekommt, fährt ihm ein heftiger Stich durch den gewaltigen Bauch mitten ins Herz.

Lohntütenball
oder Vöck wird solide

*Und ohne sich weiter umzusehen, ging er in die Richtung der
St. Marie des Batignolles, in dem sicheren Bewußtsein, daß
er heute endlich der kleinen Thérèse die zweihundert Francs
zurückzahlen könnte.*

Joseph Roth, Die Legende vom heiligen Trinker

Fünf Söhne zog Schiefers Anna groß: Saftig, Jäl, Jüngel, Vöck und
Dütz. Fünf richtige Kleiderschränke wurden das, eisenstark alle fünf,
groß und breit und ausgestattet mit Pranken wie Bären. Wo die hinlang-
ten, wuchs kein Gras mehr. Jeder von ihnen konnte alleine eine Wirt-
schaft leerräumen. Man kann sich vorstellen was los war, wenn die
zusammen freitagsnachts einen Königsritt durch die Kneipen der Nordstadt machten. Aber dazu hatten sie nicht allzuoft Gelegenheit. Denn
der Krieg kam dazwischen und drei von ihnen wurden Soldat. Und
als der Krieg zu Ende war, wurden richtig solide, gestandene Männer
aus ihnen, Familienväter, und jeder von ihnen setzte wieder eine kleine
Herde Schiefers in die Welt. Natürlich hatten sie auch alle einen ordent-
lichen Beruf, einen Beruf, der ihren Körperkräften entsprach. Die Schiefers wurden alle Möbelpacker. Alle, außer einem. Das schwarze Schaf
war Vöck.

Dafür, daß Vöck so aus der Reihe tanzte, gibt es eigentlich keine
Erklärung. Weder war er der Älteste noch war er der Jüngste. Von
beiden sagt man ja, sie schlügen gerne aus der Art. Aber sowohl Saftig,
der Älteste, wie Dütz, der Jüngste, wurden ordentliche Schiefers und

gingen »an die Möbel«, wie man bei den Schiefers sagt. Vöck war der zweitjüngste und ging nicht an die Möbel. Vielleicht war der Krieg schuld. Denn Dütz war, als der Krieg begann, noch zu klein, um alles mitzubekommen. Vöck aber hatte gerade das Alter, um reingezogen zu werden.

Es fing schon damit an, daß er kein Hitlerjunge werden wollte. Was freilich nichts Außergewöhnliches war. Keiner der Schiefer-Jungen ging in die HJ. Das gehörte einfach zur Familientradition. Der alte Schiefer war zwar noch vor dem Krieg an den Nachwirkungen einer Verwundung aus dem Krieg davor gestorben. Aber er hatte Zeit genug gehabt, den Söhnen seinen Standpunkt klarzumachen. Und das war der Standpunkt eines klassenbewußten Proleten, eines Fuhrmannes, der vierzig Jahre lang als Auslieferungsfahrer mit Pferd und Wagen durch Nippes kutschiert war, der Standpunkt eines Ringers zudem, der Zeit seines Lebens im Arbeiter-Kraftsportverein gerungen, geboxt und Gewichte gestemmt hatte. Und solche Standpunkte wie die des alten Schiefer schlossen von vornherein jede Sympathie für das Nazi-Pack aus. Aber auch eine Nachbarschaft wie die von Unter Kahlenhausen, wo die Schiefers nach dem Tod des Vaters lebten, war keineswegs dazu angetan, im kleinen Vöck Ambitionen auf ein braunes Hemd zu wekken. Dafür versuchten sie ihn anderweitig dranzukriegen. Mit vierzehn schickten sie ihn nach Gießen zur Landhilfe. Vöck und Landhilfe! Heuwenden und Kuhställe ausmisten! Vöck haute ab. Nach sechs Tagen Fußmarsch kam er wieder bei seiner Mutter in Köln an. Ein Jahr später steckten sie ihn in ein Wehrertüchtigungslager nach Gemünd in der Eifel. Vöck haute ab. Jetzt brauchte er nur drei Tage. Darauf sollte er in ein Fürsorgeheim, was nunmehr auch das Ehrgefühl der Mutter verletzte. Sie packte Vöck und Dütz und fuhr nach Sachsen zu Verwandten. Als dort aber die Bombenangriffe wegen der Nähe der Leuna-Werke immer stärker wurden, kamen sie wieder zurück. Vor der Tür wartete der Volkssturm auf Vöck. Sie nahmen ihn mit. Vöck blieb nur eine Stunde beim Volkssturm. Aber diesmal brauchte er nicht selbst abzuhauen. Müller, der Ortsgruppenleiter, nahm ihn zur Seite: »Wenn wir jetzt abmarschieren, biegste an der nächsten Straßenkreuzung rechts ab und läufst nach Hause nach deiner Mutter!«

Vöck bog rechts ab. Das war am 3.April 1945. Am 5.April ergab sich der Volkssturm den Amerikanern.

Vielleicht also war der Krieg Schuld daran, daß Vöck nicht solide wurde. Denn der Krieg verschaffte Vöck eine Jugend, die alles andere als wohlgeordnet und behütet verlief und er verhinderte, daß Vöck eine ordentliche Bildung mitbekam. Aber an dem Punkt bereits wird die Sache zweischneidig. Da war nicht mehr allein der Krieg schuld. Vöck ging ganz einfach nicht gerne zur Schule. Das heißt, er ging überhaupt nicht hin. Wobei dann die Kriegswirren Vöcks Abneigung noch insoweit begünstigten, als die Schule in der Machabäerstraße einen Volltreffer abbekam. So waren es also nicht allein die Umstände, die dafür sorgten, daß aus Vöck das wurde, als was er sich dann, als der Krieg vorbei war, vollends entpuppte: eben das schwarze Schaf der Schiefers, ein Taugenichts, Herumtreiber und Wüstling. Wenn einer so wird wie Vöck, dann bringt er auch die Anlagen dazu mit. Und Vöck besaß alle Anlagen zu einem Taugenichts und Wüstling. Wobei die unvollständige, um nicht zu sagen gänzlich fehlende Schulbildung das geringste der Übel war, die Vöck mit auf den Weg nahm. Das machte ihn auch nicht zum schwarzen Schaf in der Familie. Das war sozusagen bloß eine Schiefersche Erbkrankheit. Keinen der anderen vier Schiefer-Jungen, weder Saftig noch Jäl noch Jüngel und auch nicht den kleinen Dütz hatte es je in die Schule gezogen. Wozu braucht man Rechnen, Schreiben und Lesen, wenn man stark ist? Saftig, dem Ältesten, hatten seine unvollständigen Schreibkünste sogar einmal das Leben gerettet.

Eines Morgens, im Frühjahr 1938, standen zwei Gestapoleute in der Schieferschen Tür und holten ihn ab.

»Was soll der dann verbrochen haben?« Die Stimmlage der Mutter näherte sich trotz der tödlichen Lässigkeit der Männer im Ledermantel dem Krakeelton.

»Aufrührerische Inschriften hat der geschrieben, an der Hohenzollernbrücke.«

»Waas?« Jetzt überschlug sich die Stimme der Mutter vor Empörung. »Der Saftig? Schreiben? – Der kann doch gar nicht schreiben!«

Wenig später im EL-DE-Haus klärte sich die Angelegenheit. Dem zwanzigjährigen Saftig war es nämlich trotz verkrampften Zungezwischen-die-Zähne-Pressens nicht möglich, mit etwas, was einer Schrift annähernd ähnlich kam, das, was auf dem Sockel eines Reiterstandbildes auf der Hohenzollernbrücke geschrieben stand, nämlich HITLER IST EIN ARSCHFICKER, auf ein Blatt Papier zu bringen. Das überzeugte auch die Gestapo-Männer.

Als der Krieg zu Ende war, war Vöck sechzehn und einer der jüngsten und cleversten Einbrecher in Köln. Die Wohnung Unter Kahlenhausen wurde bei einem der letzten Angriffe auf die Stadt ausgebombt. Die Mutter zog mit Dütz und Vöck zu Ohm Hubert. Der lebte in einem Wohnwagen gegenüber dem Bunker auf der Nippeser Werkstattstraße. Der Wohnwagen war das letzte Requisit eines kleinen Wanderzirkus, mit dem Ohm Hubert, der Bruder der Mutter, bis in den Krieg hinein durchs ganze Reich kutschiert war. Zwei Ziegen, ein Pony und zwei Esel waren im zweiten Wagen während einer Bombennacht verbrannt. Die beiden Gäule, die die Wagen zogen, hatten sich losgemacht, waren davongesprengt und wahrscheinlich direkt irgendwo in einen Gulaschtopf galoppiert. Der Raum im übriggebliebenen Wohnwagen war knapp, denn dreiviertel davon beanspruchte ein alter dressierter Seehund mit schneeweißen Schnurrbarthaaren, der den ganzen Tag in einer ausrangierten Badewanne vor sich hinträumte, nur ab und zu rülpste und dabei einen widerwärtigen Gestank verbreitete. Es war schon gut, daß es Mai war und man bei offener Tür schlafen konnte. Ohm Hubert hatte die Einquartierung natürlich nicht in den Kram gepaßt. Mutter Schiefer und die beiden Söhne mußten auf dem Boden neben der Seehundwanne schlafen. Um die Schlafstatt bereiten zu können, wurde allabendlich die gesamte Kücheneinrichtung des Wohnwagens – ein Tisch und vier Stühle – vor die Tür gestellt, wo sie dann eines Nachts Brennholzsuchern zum Opfer fiel. Ohm Hubert fluchte in bester Schaustellermanier, und es wurde noch ungemütlicher im Wohnwagen als vorher. Vöck störte das wenig. Er war ohnehin den ganzen Tag und, trotz Sperrstunde, die halbe Nacht unterwegs, denn er hatte zu tun. Schließlich war er derjenige, der den Lebensunterhalt der Wohnwagenbesatzung verdiente. Wobei Dütz allerdings unentbehrlich war. Denn Dütz, damals erst dreizehn, paßte durch jedes Kellerloch und durch jedes Küchenfenster. Vöck ging tagsüber spazieren, am liebsten die Rheinuferstraße entlang, rechts und links von der Bastei. Da war noch eine ganze Reihe ansehnlicher Villen stehengeblieben und mit ihnen ein nicht weniger ansehnlicher Inhalt: Möbel, Teppiche, Geschirr, silbernes Besteck. Sie begannen mit den kleineren Gegenständen, mit Bildern, Uhren und Meißener Porzellan, und als die Villen davon befreit waren, machten sie sich an die größeren Stücke. Eines Nachts, als sie, eine drei Meter lange Chaiselongue auf den Schultern, die Clever Straße überquerten, wurden Dütz und Vöck von den Bullen gepflückt. Es war amerikanische MP. Vier baumlange schwarze Kerle, zwei von vorn und zwei von hinten. Es hatte keinen Sinn zu türmen.

»Du bist zu schlecht für unter die Blutwurst!« Patsch, hatte Vöck eine sitzen. Mit gesträubtem Haar stand die Mutter vor ihm.

»Wie kann man sich nur erwischen lassen! Wie kann man bloß so blöd sein!«

»Aber Mama!«

»Mit einem vier Meter langen Sofa nachts über die Straße laufen!«

»Drei Meter, höchstens.«

»Hättste auch gleich en Klavier nehmen können!«

Es war die erste in einer unendlich langen Reihe saftiger Gardinenpredigten, die Vöck in den nächsten achtzehn Jahren von seiner Mutter zu hören bekommen sollte. Damit kein falsches Bild von Mutter Schiefer entsteht: eine geduldigere, sanftmütigere Frau kann man sich kaum vorstellen. Ihre Söhne vergötterten sie. Die kleinste Andeutung genügte und Jäl oder Saftig oder Jüngel standen bei ihr und fragten: »Mama, wat brauchste?«

Umgekehrt vergötterte sie ihre Söhne. Die Ausnahme war Vöck. Vöck war das schwarze Schaf. Vöck machte nur Ärger. Mutter Schiefer wäre es ja gleich gewesen, was Vöck trieb, aber daß er sich immer und immer wieder dabei erwischen ließ, das war das Ärgerliche. Und fast noch schlimmer war, daß Vöck die Beine gemütlich unter ihren Tisch streckte, unermeßliche Mengen von Butterbroten und Bratkartoffeln in sich hineinschaufelte und dabei keinen Pfennig in die Haushaltskasse abgab!

82

Die Villen am Rheinufer waren leergeräumt und Vöck fiel nichts besseres ein, als sich ein weiteres Feld der damals üblichen Beschaffungskriminalität zu erschließen. Vöck verfiel immer auf das Naheliegendste, das Bequemste. Von Banane, der damals der Schwarzmarktkönig von der Eigelsteintorburg war, gegen entsprechende Gewinnbeteiligung mit ein paar ansprechenden Tauschobjekten versehen, schloß sich Vöck den kölschen Schmugglern an, die fast täglich mit der Eisenbahn nach Dahlem fuhren, dort ausstiegen, zu Fuß über Losheim marschierten und dann, lange Zeit unbehelligt von Zöllnern, in Belgien gegen ihre Mitbringsel Kaffee tauschten. In Köln bekam man vor der Währungsreform 320 Mark für ein Pfund Kaffee, nach der Währungsreform immerhin noch 18 Mark, das war nicht wenig und solche Männer wie das Ööcher Jüppchen wurden durch gut organisierten Kaffeeschmuggel in diesen Jahren Millionäre. Aber wie dem Ööcher Jüppchen die Millionen zerrannen, so brachte Vöck seine paar hundert oder tausend Mark Kaffeegeld durch, ohne daß er wußte wofür und ohne daß seine Mutter auch nur einen Pfennig Kostgeld davon zu sehen bekam. Vöck, gerade siebzehn, war nämlich auf den Geschmack gekommen. Er hatte den Reiz des Nachtlebens entdeckt. Und das Nachtleben in einer zu vier Fünftel in Schutt liegenden Stadt hat seine ganz besonderen Reize. Als Vöcks Nachtleben begann, passierte jede Nacht etwas. In den wenigen Kneipen und Nachtlokalen, deren Lichter die einzigen Orientierungspunkte in der sonst dunklen Stadt waren, brodelte und brauste die wiedererwachte Lebensgier. Was vor dem Krieg nur freitagsnachts zum Lohntütenball abging, explodierte hier alle Viertelstunde. Ein ununterbrochener Lohntütenball, ein einziger Taumel, dem Vöck verfiel.

In der *Sportklause* auf der Machabäerstraße – hier begann Vöcks allabendliche Tour – tanzten sie auf den Tischen und auf der Theke und vor der Tür kloppten sie sich wie die Kesselflicker. In Louis Goldschmitts *St.Pauli* auf dem Eigelstein gings vorne an der langen Theke gesitteter zu, mit Rheinwein und grellen Damen hinterm Tresen. Hintendurch, wo die Kapelle spielte und getanzt wurde, traf sich die ganze Nordstadt und feierte, als wär's das letzte Mal. Vöcks Ziel freilich war der *Höchste Punkt* in der Mariengartengasse, gleich hinter der Rotkehlchensiedlung, denn im *Höchsten Punkt* ließ Resi, die blonde Bedienung, ihr unvorstellbares Glockenspiel im engen Dekolleté schaukeln, daß Vöck die Kehle ausdörrte. Er konnte sich nicht satt daran sehen. Dran fühlen allerdings kostete. Und Geld für viele, viele Kilo geschmuggelten Kaffees investierte Vöck in Resis Glockenspiel, bis er endlich selbst einmal ausgiebig läuten durfte.

Natürlich erwischten sie Vöck beim Schmuggeln. Fünf Tage saß er in einem belgischen Knast. Anschließend wurde ihm ein fünfjähriges Aufenthaltsverbot für Belgien verkündet, unter Androhung einer anderthalbjährigen Gefängnisstrafe. Sie setzten ihn vor Losheim an der Grenze ab. Vöck marschierte los, schlug einen Bogen um Losheim, besorgte in Belgien noch einmal ordentlich Kaffee – das letzte Mal – und fuhr nach Hause zu seiner Mutter.

»So geht dat nit weiter mit dir, Vöck! Du bist einfach zu blöd für so was. Vorgestern waren die vom Zoll hier und haben den ganzen Wohnwagen auseinandergenommen. Wenn wenigstens was dabei rumkäme. Vielleicht versuchst du es mal mit richtiger Arbeit, wie deine Brüder!«

Vöck rückte großzügig hundert Mark raus und verschwand in Richtung *Sportklause*.

Was tut ein gescheiterter Schmuggler und arbeitsloser Einbrecher, der mit gerade achtzehn Jahren bereits über die Maße eines ausgewachsenen Grizzlies verfügt und keine Lust hat zu arbeiten? Er wird Boxer. Boxen ist natürlich kein Geschäft. Zumal nicht für einen Amateur in einem Club, der sich BC Nordring nennt. Allerdings machte Vöck das Boxen Spaß, am liebsten hätte er sich den ganzen Tag im Sparringsring herumgeprügelt. Und zumindest ein bißchen kam auch dabei herum. Denn der BC Nordring fuhr in dieser kalorienarmen Gummizeit gern zu Turnieren aufs Land, nicht nur, um seine Staffel da gegen die Bauernjungs antreten zu lassen, sondern auch, damit der ganze Verein sich für ein Wochenende mal eine ordentliche Fettration einverleiben konnte. So kam der frischgebackene Boxer Vöck eine Zeit lang zu einem doppelten Vergnügen: zuerst durfte er in Frechen, Gleuel, Fischenich oder sonstwo in der schönen ländlichen Umgebung von Köln einen Bauernlümmel verprügeln, und anschließend gab's in der Stammkneipe des ländlichen Boxvereins auch noch deftige Hämchen und reichlich Schnaps. Zu spät werden durfte es in der Kneipe allerdings nicht. Irgendwann verschaffte der Kartoffelschnaps den geschlagenen Bauernburschen wieder Klarheit im zerbeulten Schädel und sie erinnerten sich an ihre Niederlagen. Und mit einem Stuhlbein in der Hand sind solche Kerle gefährlicher als im Ring. Da waren sie übrigens deshalb leicht zu schlagen für die Jungs vom BC Nordring, weil sich der Trainer die dorfüblichen Vereinszwistigkeiten zunutzezumachen verstand. Es fand sich immer ein Intimfeind des gerade antretenden dörflichen Boxmatadors in Ringnähe. Von dem ließ man sich dann die Achillesfersen des ahnungslosen Kämpen stecken.

»Du boxt doch den Montré?«, näherte sich in Frechen einmal einer dieser Verräter dem sich vorm Ring warmmachenden Vöck.

»Ja. Und?«

»Den Montré«, flüsterte die Stimme, »den Montré, den mußt du immer auf die Augen knäuschelen.«

Vöck knäuschelte. Und gewann, allerdings nach Punkten. Danach war die Hölle los. Dann Montré war der absolute Lokalmatador in Frechen. Und in Frechen konnte der BC Nordring eigentlich nicht nach Punkten gewinnen, auch wenn dem Verlierer das Blut literweise aus den aufgeplatzten Augenbrauen floß. Frechen war für die Nippeser das heißeste Pflaster überhaupt. Hier galt nur ein K.o. Der Tumult nach Vöcks Punktesieg war unbeschreiblich. Vöck wurde von sechs Bauernburschen umringt, die ihm ans Leder wollten und der verräterische Frechener, der zum Augenknäuscheln geraten hatte, wurde mitten im Ring gekreuzigt. So mußte sich der BC Nordring an diesem Wochenende ohne Hämchen und Kartoffelschnaps auf den Heimweg begeben.

Zur gleichen Zeit, in der Vöck beim BC Nordring für Naturalien boxte, begann die Karriere Peter Müllers. Müller war damals noch Junggeselle und wohnte auf dem Gereonswall gegenüber dem Nettchen, der Kneipe zum Stavenhof. Da beide Boxer, Vöck und Müller, trotz ihrer anstrengenden Tätigkeit keineswegs abstinent lebten, begegneten sie sich ei-

nes Tages beim *Nettchen,* denn deren Lokal war neben der *Sportsklause* und dem *Böötchen* auf dem Eigelstein zur dritten Attraktion des EWG–Viertels geworden. Nach ein paar Runden Kölsch entdeckten sie ihre Sympathie füreinander und fortan verdiente Vöck beim Boxen richtiges Geld. Zwanzig Mark gab es in Müllers Stall für eine Sparringsrunde mit dem Matador, und im Loopener Trainingslager, wo Müller sich für die größeren Kämpfe vorbereitete, Essen und Logis gratis dazu. Neben Münnichhoffs Jupp und Gansers Fuß gehörte Vöck zu Müllers liebsten Sparringspartnern.

Doch Vöcks Karriere als Boxer wurde jäh unterbrochen. Es war ohnehin schon zu lange gut gegangen. Mutter Schiefer hegte, obwohl sie immer noch keinen Groschen Kostgeld gesehen hatte, bereits die Hoffnung, Vöck hätte endlich Boden unter die Füße bekommen. Eine illusorische Hoffnung. Denn bis das geschah, bis Vöck endlich solide wurde, darüber sollte sie noch älter und grauer werden, als sie es damals schon war. Sie holten Vöck am hellichten Tage aus dem Boxring.

Als die ersten amerikanischen Boxer nach Köln kamen, stieg Vöck auch mit ihnen in den Sparringsring und verdiente nicht schlecht dabei. Vor den Trümmern des zerbombten Opernhauses am Rudolfplatz war noch eine weitflächige Terrasse unversehrt geblieben. In deren Mitte hatte die amerikanische Boxtruppe einen Ring installiert und trainierte hier an schönen Tagen im Freien vor Publikum. Vöck stand gerade mit Bull Charity, einem flinken schwarzen Mittelgewichtler, im Ring, als zwei uniformierte Schutzleute auf den Ring zukamen, der eine die Hände auf die Seile legte und der andere umständlich ein Paar Handschellen aus dem Hosenbund kramte. Diesmal war es ernst. Es nutzte nichts, daß Bull Charity dem Partner zur Hilfe und den beiden Polizisten bedrohlich nahe kam; die rückten nur ihre Tschakos zurecht, ignorierten den Schwarzen und packten Vöck ein.

Ein Jahr Aufenthalt im Klingelpütz wegen wiederholter Körperverletzung und hartnäckigem Hang zu Tätlichkeiten. Vöcks Neigung zum Boxen hatte sich nach den aufbauenden Erfahrungen im ländlichen Umfeld der Stadt nicht auf den Ring beschränken lassen. Er hatte hingelangt, wo und wann immer sich die Gelegenheit zum Hinlangen bot.

Und solche Gelegenheiten lieferte das Nachtleben, in dem sich Vöck tummelte, gleich dutzendweise an einem einzigen Abend. Sieben Mal hatten sie ihn schon erwischt, verwarnt, mit ein paar Tagessätzen bestraft. Das wäre vielleicht weiter so gegangen, aber beim achten Mal geriet Vöck an den Falschen. Dabei fing alles so harmlos an. Und Vöck war eigentlich wieder einmal mehr Opfer als Täter.

Es war ein Freitagabend und Vöck stand mit Münnichhoffs August, dem Bruder des Boxers, bei *Miebach* in der Siebachstraße an der Theke. Die Kneipe war gerammelt voll und mit ihr die ganze Besatzung. Denn hier in Nippes stieg noch ein richtiger Lohntütenball. Wer Arbeit hatte, kriegte am Freitagnachmittag die Lohntüte, und wenn die Frau nicht aufpaßte, war sie am Samstagmorgen leer. Auch an diesem Abend stießen scharenweise Ehefrauen mit entschlossener Handbewegung die Klapptüre zum Lokal auf, verharrten einen Augenblick, um in der Masse der trinkenden, singenden, lallenden Männer den ihren auszumachen, schritten dann geradewegs auf ihr Opfer zu, um es – je nach Temperament der Frau – entweder heimzuzerren oder zur Abgabe der Lohntüte zu bewegen.

Münnichhoffs August glaubte sich in eines dieser Dramen einmischen zu müssen. In der Tat übertrieb die Frau. Die Lohntüte hatte sie ihrem Mann trotz heftiger Gegenwehr und unter lautem Protestgejohle der Saufkumpane schon entringen können. Jetzt zog sie ihn auch noch am Ärmel, wollte, daß er mit raus, nach Hause kam. Das empfand der Kerl wohl als Demütigung, lief rot an, drehte sich aus ihrem Griff. Doch sie faßte nach, bekam seinen Rockschoß zwischen die Finger, zerrte daran und als sie dabei auch noch zu kreischen anfing, war es ihm zuviel. Er drehte sich um und langte ihr eine. Darauf schien Münnichhoffs August nur gewartet zu haben. Mit einem Satz war er in der Mitte des Lokals, schnappte sich den Frauenschänder und verpaßte ihm ein kräftige Kopfnuß. Das gefiel den vielen Freunden, die der Mann bei *Miebach* hatte, nicht. Sie rückten August jetzt auf die Pelle. Vöck begann sich die Hemdärmel hochzukrempeln. Eine schwere Hand legte sich auf Vöcks Schulter. Sie gehörte einem Schutzmann namens Hulm, der ein Stammgast bei *Miebach* war und in Zivil kurz mal auf ein Freitagsabendkölsch hineingeschaut hatte.

»Fang gar nicht erst an,« sagte der Schutzmann Hulm zu Vöck. Vöck beachtete ihn nicht, denn Vöck sah, wie sein Freund August in immer schwerere Bedrängnis geriet und daß es nicht mehr lange dauern konnte, bis die Freunde des Frauenschänders ihn am Boden haben würden. Und im übrigen wollte Vöck sich auch nicht das Vergnügen nehmen lassen, mal wieder ordentlich hinzulangen. Vöck stieß den Schutzmann Hulm zur Seite und stürzte sich ins Getümmel.

»Aufhören!« schrie der Schutzmann Hulm und packte Vöck von hinten am Hosenbund, wollte ihn wegzerren. Das war zuviel. Vöck drehte sich um, sah dem Schutzmann ins Auge und scheppte dem Störenfried dann eine ein, daß dem für diesen Abend der Ordnungs- nebst einigen anderen Sinnen verging.

Das erste Vierteljahr machte Vöck im Flügel II des Klingelpütz mit dem Aufnähen von *Prym's Druckknöpfen* auf Pappstreifen ab. Sechs Paar Druckknöpfe paßten auf ein Heftchen. Hundertzwanzig Heftchen pro Tag waren die Norm. Vöck war ein braver Häftling und fleißiger Druckknopf-Aufnäher und deshalb wurde er bald zum Kalfaktor bestellt und durfte fortan das Essen in die Zellen hinein und die vollen Latrinentöpfe hinaustragen. Dafür bekam er täglich noch eine halbe Stunde Spaziergangszeit zusätzlich, die er mit den Lebenslänglichen im Innenhof des Klingelpütz abschritt.

Als Vöck herauskam, war kein anderer Mensch aus ihm geworden. Er machte einfach da weiter, wo der Wachtmeister Hulm seinen unsoliden Lebenswandel unterbrochen hatte. Tagsüber boxte er als Müllers Sparringspartner und nachts brachte er das damit verdiente Geld im *Höchsten Punkt* oder im *Böötchen* durch und kriegte Mittag für Mittag, wenn er sich am Frühstückstisch niederließ, das alte Lied der Mutter Schiefer zu hören: »Vöck, so geht dat nit weiter!«

In der Tat ging das so nicht weiter, nachdem Müller den Ringrichter Pipow k.o. geschlagen hatte, dafür lebenslänglich gesperrt und der Müllersche Boxstall aufgelöst wurde. Einer einigermaßen sinnvollen Tätigkeit und des damit verbundenen Gelderwerbs beraubt, gab Vöck sich

jetzt nur noch seiner grenzenlosen Vergnügungs-, Rauf- und Saufsucht hin, pumpte mal hier was, machte ein Lappöhrchen dort und kam nur noch zum Schlafen nach Hause.

»Vöck, wann wirste endlich solide?«

Auch die Brüder wußten keinen Rat, außer dem, Vöck solle endlich, so wie sie, »an die Möbel«.

»Dat jeht nit,« lautete Vöcks stereotype Antwort auf das Ansinnen der Brüder. »Ich hab' et doch im Kreuz!«

Vöck war eben faul – und hochmütig obendrein: »Soll ich mich für die paar Mark krumm machen?«

Es sollte noch Jahre dauern und einiger einschneidender, ja wunderbarer Erlebnisse bedürfen, bis Vöck zur Besinnung kam. Einstweilen jedoch hatte er eine neue, den Bedürfnissen eines trunksüchtigen Faulpelzes weit entgegenkommende Betätigung gefunden. Er stand beim *Nettchen* auf dem Gereonswall hinter der Theke und zapfte, eine Lederschürze vorm wachsenden Bauch, vom späten Nachmittag bis in die Nacht hinein für sich und die Gäste Kölsch. Und wie das so ist mit den Kneipiers: sie finden nie ein Ende. Wenn Vöck um eins oder zwei die Kneipe dicht gemacht hatte, ging's weiter in der *Sportklause* bis fünf, von dort bis sieben zum Hauptbahnhof, wo sich im Wartesaal II alles, was im Nachtleben Rang und Namen oder nur außergewöhnlich viel Durst hatte, traf und vom Hauptbahnhof wanderte die besoffene Truppe dann zur Weidengasse und versaute sich dort beim *Haselöhr*, genannt *Zum schmutzigen Löffel*, den Rest des neuen Tages. Sieben Jahre ging das so mit Vöck. Sieben Jahre, Tag für Tag. Seine Wampe wuchs ins Monströse, die Gesichtszüge verloren sich zwischen aufgeschwemmtem Fettgewebe, kurzatmig wurde der einst so athletische Vöck und jeden Morgen mußte er sich erst eine Viertelstunde die Lungen freihusten. Das Weiße in seinen Augen war nicht mehr zu erkennen, sie waren ständig brandigrot, entzündet. Viel tiefer sinken kann man nicht. Aber manchmal, gerade wenn man von jemandem glaubt, es ginge mit ihm nicht mehr vor noch zurück und nirgends eine Rettung, selbst nicht die allerleiseste Hoffnung auf eine Besserung in Sicht ist, manchmal geschieht dann ein Wunder. Vöck geschah ein Wunder.

Es geschah in einer Freitagnacht, kurz vor zwei Uhr in der Früh. Vöck war zu diesem Zeitpunkt so betrunken, wie ein Mann nur betrunken sein kann. Es hatte freilich auch Anlässe genug gegeben in dieser Freitagnacht, auf die serienweise geschluckten Kölsch noch Dutzende Gespritzte, Kabänes oder Doornkaats zu kippen. Schon am Nachmittag drängten sich nebenan im Stavenhof Scharen von Freiern. Dämmerung vor dem Lohntütenball. Die Mädchen verbuchten gewaltigen Umsatz. Und die Kerle wurden, öfter als Vöck es lieb war, munter. Wenn einer munter wird, bedeutet das, es gibt Krach. Viermal kam der kleine Kreutze Josef an die Tür vom *Nettchen* gelaufen und rief: »Die Tante Frieda hat Krach!« Viermal hatte Vöck rausgemußt, war rübergelaufen zum Haus Nr. 12 und hatte bei Friedel, so hieß die Dame, die dort Parterre im Fenster saß und sich auf unorthodoxe Praktiken spezialisiert hatte, nach dem Rechten schauen und die randalierenden Freier vor die Tür befördern müssen. Jedesmal nach der damit verbundenen Anstrengung waren natürlich ein paar Kurze fällig gewesen. Und noch mehr Kurze flossen, als am späten Abend im *Nettchen* der Lohntütenball stieg, die Freier sich Mut für den nächsten Gang antranken und die Stenze an der Theke beim Würfeln das Geld ihrer Bräute zerhackten. Kurz nach der Sperrstunde war es dann allmählich ruhiger in der Kneipe geworden, die meisten Zecher waren weitergezogen und die, die übriggeblieben waren, hatte Vöck rausgeekelt.

Die Musikbox schwieg, das Lokal war leer, nur die Kühlung summte leise. Vöck versuchte, ein wenig Ordnung zu machen, wischte mit unsicheren Bewegungen die Bierdeckel vom Tresen und von den Tischen, stellte mit zitternder Hand leere Kölschgläser ins Spülbecken; alles fiel ihm schwer, er schwankte, der Alkohol hatte einen undurchdringlichen Nebel um sein Gehirn gelegt, so, daß seine Sinne und sein Verstand einer Bewußtlosigkeit nicht fern waren. Und deshalb bemerkte Vöck nicht, daß die Kneipentüre noch einmal aufgestoßen wurde, jemand hineingekommen war und jetzt vor der Theke stand.

»Tu mir ein Kölsch bitte, Vöck!«

Die Stimme war leise. Doch Vöck erschrak, als sei der Blitz in die Zapfanlage neben ihn eingeschlagen. Augenblicklich begannen seine

Knie zu wackeln, das Gefühl einer vakuumähnlichen Leere breitete sich in seinem biergefüllten Bauch aus, Vöck schwankte, hielt sich am Spülbecken fest. Der Mann vor ihm schaute ihn stumm an. Die eisgrauen Haare zurückgekämmt, gut in den fünfzigern, stämmig, gekleidet in einem blauen, lederbesäumten Fuhrmannskittel, wie man ihn vor dem Krieg noch manchmal bei Pferdekutschern sah.

»Papa?«

Vöcks Stimmbänder klangen dürr wie das Rascheln im Septembergras. Dann wurde es Vöck schwarz vor Augen, ein stechender Schmerz zuckte durch seine Rippen, setzte sich in der Herzgegend fest und dann kippte Vöck um wie ein nasser Sack Muscheln. Das letzte, was er hörte, war die Stimme seines Vaters:

»Vöck! Wann wirste endlich solide?«

Als Vöck wieder zu sich kam, lag er, in Decken gehüllt, auf dem Küchensofa seiner Mutter. Neben ihm hockte der rosige Doktor Decker auf einem Küchenstuhl und maß den Puls. Als er sah, daß Vöck erwachte, schüttelte er traurig seine speckigen Hängebacken.

»Da haste noch mal Glück gehabt, Jung. Aber wenn du so weitermachst, dann sehe ich schwarz.«

Vöck hätte des hausärztlichen Rates nicht bedurft. Zwei Tage später, am Montagmorgen, stand er, umringt von seinen vier Brüdern, vorm Chef der Möbelspedition Haubrich und fragte nach Arbeit.

Doch wer einmal so tief gesunken ist wie Vöck, für den ist das solide Leben die reinste Tortur, auch wenn ihm ein Toter erschienen ist und ihm nachdrücklich den rechten Weg gewiesen hat. Das frühe Aufstehen. Das frühe Zubettgehen. Das nicht gestillte Befürfnis nach Rausch und Alkohol. Der Spott der alten Zechkumpane. Es dauerte ein knappes Jahr und Vöck wurde rückfällig. Stand wieder irgendwo hinter der Theke, soff, zuckte abfällig die Schultern, wenn sein Bruder Jäl hereinkam und sagte, der Chef warte nicht mehr lange auf ihn und die Mutter kriegte noch mehr graue Haare.

Bei einem so hartnäckigen Sünder wie Vöck bedurfte es noch eines Wunders, einer weiteren Erscheinung, um ihn auf den soliden Weg

der übrigen Schiefers zu bringen. Die Erscheinung hieß Rosemarie und war 16 Jahre alt. – Wieder war es eine Freitagnacht und wieder stieg ein Lohntütenball, als sie in die Kneipe kam, hinter deren Theke Vöck stand und wieder einmal den Kanal gestrichen voll hatte. Sie wollte nur einen Krug Bier holen. Doch als sie vor der Theke stand und Vöck den Krug reichte, geschah es, ein Naturereignis. Vöck erstarrte, war wie geblendet, denn Rosemarie irisierte die ganze Kneipe, aus ihren Augen sprühte Blütenstaub und Vöck schien, als ginge ein betörender Duft von ihr aus, der ihm den Atem nahm. Vöck griff sich ans Herz. Schon wieder dieser stechende Schmerz. Doch biß er die Zähne zusammen, füllte ihren Krug und nachdem er ihn ihr gereicht und sie bezahlt hatte, begleitete er sie, das Getümmel des Lohntütenballs für immer in der Dunkelheit hinter sich zurücklassend, bis zu ihrer Haustüre. Fünf Söhne haben Vöck und Rös – so nennt Vöck Rosemarie, weil ihm Rosemarie zu lang ist. Drei der fünf Söhne sind Möbelpacker, wie der Vater. Der Jüngste ist 18 und will jetzt auch an die Möbel.

»Du bist doch noch am wachsen!« sagt Vöck. Aber der Kleine läßt nicht locker. Vöck zuckt mit den Schultern.

»Das ist eben bei uns Schiefers im Blut,« sagt er, eher beiläufig, zu Rosemarie. So, als wenn auch er von Jugend an an den Möbeln gewesen wäre.

Hubert und das Biest

*Keine Frau kann durch Erziehung gebessert werden. Das ist,
als ob du glaubtest, es genüge, den Hals einer Ente in die
Länge zu ziehen, um einen Schwan daraus zu machen.*

Pitigrilli

Es wird erzählt, daß Hubert in Folge eines unglücklichen Schicksals
in die Straße verschlagen wurde. Niemand hat die Geschichte jemals
nachgeprüft. Wozu auch? Hubert selbst berichtet nur selten davon, da
muß er schon an die fünfzehn Whisky-Cola intus haben – etwas anderes trinkt er aus Prinzip nicht, und zwar seit dieser Geschichte mit
Monika – und dann erzählt er entsprechend bruchstückhaft und unvollständig. Jedenfalls muß das etwa so gewesen sein: Hubert war einmal
Vorarbeiter in einer Baukolonne. Und zwar bauten sie damals die neue
Rheinbrücke bei Koblenz und die brach ja bekanntlich während des
Baus am hellichten Tage zusammen, und Hubert war dabei! Die Brük-
ke war fast fertig, man konnte schon darauf gehen und fahren, nur
in der Mitte fehlte noch ein Stück, das dreizehnte und letzte Teilstück.
Es sollte mit Schwimmkränen eingepaßt und an die anderen Teile an-
geschweißt werden. An jenem Nachmittag, an dem das geschehen sollte, brach die Brücke zusammen. Und zwar knickte das freischwebende
rechtsrheinische Brückenteil, auf dem sich gut zwei Dutzend Bauarbei-
ter befanden, mit dumpfem Grollen einfach ab, die Fahrbahn rutschte,

gemächlich zuerst, dann rasend schnell, zur Flußmitte hinunter, und mit ihr Mann und Maus.

Dreizehn Arbeiter kamen dabei ums Leben, wurden von splitterndem Beton, von herabstürzenden Maschinen erschlagen oder in den Rhein gerissen und ertranken. Hubert wurde weder erschlagen noch ertrank er. Obwohl er mitten auf dem freischwebenden und dann herabstürzenden Brückenteil war, als es geschah. Er stand auf dem Trittbrett eines Lastwagens, der auf die Brückenmitte zufuhr. Der Fahrer des Lastwagens bemerkte es nicht. Aber Hubert spürte es: die Brücke unter ihm bewegte sich, senkte sich ab. Er blickte nach vorn, und da sah er es auch, sah, wie das Brückenteil, auf dem er fuhr, sich neigte.

Hubert sprang vom Trittbrett des Lastwagens, schrie dem Fahrer noch zu »Spring!« und dann tat Hubert das einzig Richtige, was in dem Moment zu tun war, er sprang von der Brücke und zwar auf der stromabwärtsgewandten Seite. Leider kam er aber nie im Rhein an. Das ist das Traurige an Huberts Geschichte. Er hatte kein Glück im Unglück. Zwar kam er heil von der Brücke runter. Doch in dem Augenblick, in dem er sprang, fuhr ein Lastkahn unter der Brücke durch, rheinabwärts. Statt ins Wasser zu fallen, fiel Hubert aufs stählerne Ladedeck des Kahns. Er kam mit dem Rücken auf und blieb liegen. Erst anderthalb Stunden später fand ihn der Kapitän. Der hatte nichts bemerkt, weder, daß hinter ihm die Brücke von Koblenz zusammengebrochen, noch, daß Hubert auf seinem Schiff gelandet war. Hubert verbrachte das nächste halbe Jahr im Krankenhaus.

Richtig erholt hat er sich nie mehr von seinem Koblenzer Brückensprung. Ein paar Kleinigkeiten sind geblieben. Sein Gleichgewichtssinn ist nicht ganz in Ordnung, er geht leicht schwankend, manchmal wippt er im Schritt, geht gleich darauf wieder merkwürdig schleppend. Auch spricht er ein wenig seltsam, leicht unartikuliert, guttural, ganz hinten aus der Kehle kommen die Laute.

So ist er dann in der Straße gelandet wie schon viele vor ihm. Wie Wolfgang, der Seebär oder Alfred, der Fremdenlegionär oder Otto oder Tauben-Hilde. Irgenwo unterm Dach hatte er ein Zimmer, bekam ein paar Mark Invalidenrente, nicht genug, um den ganzen Abend lang davon bei Eddi Whisky-Cola trinken zu können. Das hat er ja auch erst später angefangen. Zuerst trank er nur Kölsch, wie alle anderen auch. Und dann brannte Gabor mit Petra durch und kurz darauf kam Krumm für vier Jahre hinter Gitter und Hubert übernahm sowohl Gabors wie auch Krumms Job und seitdem ist Hubert eine echte Institution, einer der wichtigen Leute in der Straße, obwohl man ihm das gar nicht ansieht.

Bis er mit Petra verschwand, war Gabor der Aufwärter sowohl im *Parisienne* wie im *Lotus-Cabaret* gewesen. Das heißt er besorgte und entsorgte die beiden Läden. Kleenex-Tücher, Servietten, Klopapier, Pariser, Schnaps und alles, was da sonst so gebraucht wird in einer langen Nacht, transportierte Gabor hinein und am nächsten Morgen den Müll und Batterien von leeren Pikkolo- und Sektflaschen wieder hinaus. Gabor war ein schludriger Aufwärter gewesen. Mindestens einmal die Woche hatte Soffie, so heißt die Chefin vom *Parisienne* und vom *Lotus-Cabaret*, sich mit ihm in der Wolle gehabt, weil er wieder irgendetwas vergessen hatte, und die Mädchen sich zum Beispiel die Pariser selbst bei Eddie am Automaten holen mußten.

Oder er hatte sternhagelvoll mitten in der Nacht die leeren Sektflaschen in der Mülltonne auf dem Hof zertrümmert, und die halbe Nachbarschaft hatte bei Soffie Sturm geläutet. Deshalb war niemand richtig traurig, als Gabor verschwunden war. Aber daß er Petra mitgenommen hatte, das verzieh vor allem Soffie ihm nicht. Denn Petra war der absolute Bringer im *Parisienne* gewesen, obwohl dünn und lang wie ein Laternenmast und vorne und hinten flach wie ein Matjesfilet. Trotzdem kam Petra gut an. Sie hatte halt etwas. Etwas, was den meisten anderen Mädchen in der Straße fehlte, sie war charmant. Aber jetzt war sie weg, und Hubert bekam Gabors Job.

Hubert machte den Job gut, viel besser als Gabor. Er kümmerte sich richtig um die Mädchen, holte ihnen was zu Essen aus dem Wienerwald oder vom Chinesen, baute sich aus ein paar Kisten und zwei Fahrradreifen ein Handwägelchen, mit dem er die leeren Flaschen zum Glascontainer fahren konnte, statt die Mülltonnen mit den Scherben vollzustopfen. Ein Mann mit Ideen und ein Mann mit Manieren.

Dann holten sie eines Tages Krumm. Krumm war der Rausschmeißer in den beiden Läden gewesen. Gleich für vier Jahre wanderte er in die Blech. Warum weiß kein Mensch, bis heute nicht. Natürlich wäre Soffie nie auf die Idee gekommen, Hubert jetzt auch noch Krumms Job zu geben. Keiner hätte Hubert zugetraut, daß er auch nur einen Pudel aus einem Lokal raustragen könnte. Bis dann die Geschichte mit dem Typ aus Hamburg passierte. Ein Baum von einem Kerl und richtig viel Schmalz auf der Tasche. Der hatte geglaubt, mit Geld könne er alles bekommen. Aber das hat halt seine Grenzen, zumindest im *Lotus-Cabaret*. Hubert kam gerade mit ein paar halben Hähnchen rein, als der Hamburger von Sonja und Carmen verlangte, sie sollten es zusammen machen, nur für ihn, auf der Theke. Er hatte zwei Tausender auf den Tresen gelegt, und Hubert sah, wie Sonja danach schielte. Sonja hätte für einen Tausender noch ganz andere Sachen gemacht. Carmen vielleicht auch. Aber Soffie war da. Und Soffie sagte, so was liefe im *Lotus-Cabaret* nicht, das könne er in St. Pauli machen, er solle den Mädchen lieber noch einen ausgeben. Der verhinderte Spanner machte einen Mordsaufstand, brüllte, das sei der allerletzte Puff hier, sowas hätte er noch nie erlebt und dann für das Geld, und als Soffie sagte, es wäre jetzt Zeit zu gehen, fing er an, Gläser und Flaschen auf dem Tresen zu zerschlagen. Da trat Hubert in Aktion. Es war wie Zauberei. Plötzlich war er da, stellte sich vor den schäumenden Typ, einen Kopf größer und doppelt so breit wie Hubert, packte ihn mit nie gekannter Kraft an beiden Oberarmen, hob ihn hoch und trug ihn zur Tür. Der Hamburger wehrte sich keinen Augenblick, sträubte sich nicht gegen Huberts Griff, gab keinen Laut mehr von sich. Und dann war er draußen. Hubert schloß behutsam die Tür. Von dem Abend an war er nicht nur Aufwärter, sondern auch Rausschmeißer im *Parisienne* und im *Lotus-Cabaret*. Sein Ansehen in der Straße stieg und er hätte es bestimmt noch zu etwas gebracht, wäre nicht eines Tages Monika aufgetaucht.

Bis dahin hatte noch niemand bemerkt, daß Hubert Frauen irgendetwas bedeutet hätten. Das hatte sicher etwas mit seiner Gestalt, mit seinem seltsamen Gang und seinem merkwürdigen Sprechen zu tun. Man kann sich Hubert nur schwer vorstellen, wie er mit einem Mädchen flirtet, Händchen hält, küßt oder gar im Bett liegt. Allenfalls hätte man sich Hubert als schnaufendes Ungeheuer vorstellen können, das sich

100

eine Frau schnappt und kurzerhand aufs Kreuz legt. Aber dazu ist Hubert in Wirklichkeit viel zu sanft. Zu seinem körperlichen Handicap, an dem er schließlich ja keine Schuld hatte, kam sein weiteres äußeres Erscheinungsbild. Hubert war, zurückhaltend ausgedrückt, ungepflegt. Tagelang rasierte er sich nicht, und es schien äußerst fraglich, ob er sich überhaupt je wusch. Und seine Klamotten! Als hätte er sich bei der Kleidersammelstelle der Sozialhilfe mit sicherer Hand die Stücke ausgesucht, die an keinen anderen mehr loszuschlagen waren. Ein schmieriges Hemd. An den Hosen fehlten die Knöpfe. Nicht nur, daß der Hosenstall ständig offen stand, die Hosen schlotterten so schlapp an seinen dünnen Beinen, daß er sich mit den Absätzen den Schlag hinten durchtrat und er ständig eine Hand brauchte, um die Hosen wieder hochzuziehen. Kurz: Ein Bild des Jammers.

Huberts Erscheinung stand tatsächlich in krassem Gegensatz zu der Welt, in der er arbeitete, zur Welt entblößter Frauenarme, aufdringlich plazierter Parfums, lüsterner Augenaufschläge. Ihn schien das alles nicht zu berühren, geschweige zu erregen. Er trottete, achtzig Rollen Klopapier schleppend, durch einen Wald von Sex wie ein ungeschlechtliches Wesen, ein kalter Lurch in einem schwülen Aquarium voll der betörendsten exotischen Blüten. Ein Quasimodo des Animierbetriebs. Und dann erschien Monika.

Die Mädchen in der Straße sind fast alle lieb und dem durch Schminke, falsche Augenwimpern und tiefausgeschnittene Dekolletés erzeugten Schein zum Trotz im Grunde ihres Herzens anständig und treuherzig bis zur Biederkeit. Monika war weder lieb, noch war sie anständig und erst recht nicht treuherzig. Sie war ein falsches Biest und jeder in der Straße wußte das, einschließlich Soffie, die sie engagiert hatte. Die Mädchen kommen meist aus den Betonburgen in Chorweiler, den Siedlungen in Bocklemünd oder vom Kölnberg. Sie haben da ihre Familien, ihre Väter, Männer, Freunde, Mütter, Verwandte, Kinder, für die sie arbeiten gehen. Es sind verantwortungsbewußte Frauen. Monika kam nirgendwoher und Monika hatte niemanden außer sich selbst. Sie war eine streunende Katze, ein verwildertes Tier, das wegen einer stinkenden leeren Fischdose dem nächstbesten das Fell über die Ohren zieht. Alle in der Straße merkten das sehr bald, nur Hubert nicht. Hubert hat wahrscheinlich bis heute nicht begriffen, was Monika für ein Biest war. Aber sie war schön, das stimmt. Das waren schon keine Brüste, die sie präsentierte, das waren Atommeiler. Und einen Gang hatte sie, da blieb den Kunden im *Parisienne* glatt das Herz stehen. Wenn sie hinterm Tresen vorkam, dann drehten sich die Köpfe der Männer alle gleichzeitig, als wären sie durch eine Kurbelwelle miteinander verbunden. Zum Leidwesen Soffies schritt sie aber sehr wenig außerhalb des Thekenbereichs.

»Ich mache nur Buffet!« hatte sie mit unterkühlter Bestimmheit gleich zu Anfang gesagt. »Séparée und so was, das kommt nicht in Frage. Ich bin schließlich keine Nutte.«

Was, nebenbei gesagt, eine Unverschämtheit war. Denn natürlich sind die Mädchen hier keine Nutten. Sie sind Animierdamen. Und das ist etwas ganz anderes. Trotzdem konnte Soffie mit Monikas Arbeit zufrieden sein. Denn Monika machte, auch wenn sie nur hinter der Theke arbeitete, einen wahrhaft sensationellen Umsatz. Ein Wimpernschlag, die Andeutung eines Lächelns genügte, und um die Kunden vibrierte die Luft, füllte sich die Atmosphäre mit dem Geruch unzüchtiger Versprechen. Und wenn sie sich dann noch mit ihren beiden phänomenalen Brüsten vor dem Kunden über den Tresen lehnte, dann rollte der Rubel, dann erschien wie durch Zauberhand eine Flasche Schampus nach der anderen auf der Theke und die Kunden zahlten und zahlten, daß sich Soffie nur den Mund abputzen konnte. Alles in allem: Monika war der Renner der Saison, trotz oder sogar wegen ihrer offensichtlichen Charakterlosigkeit.

Seit sie aufgetaucht war, waren mit Hubert bemerkenswerte Veränderungen vor sich gegangen. Es fing damit an, daß er sich täglich wusch und rasierte, im Agrippabad stundenlang unter der Dusche stand, seine Klamotten in Ordnung hielt, zum Italiener ging, um die Knöpfe an den Hosen annähen zu lassen, sich die Schuhe putzte. Damit nicht genug. Eines Tages kam er zu Soffie und fragte sie, ob sie mit ihm zu Weingarten gehe.

»Was soll ich?« Soffie schielte ihn entgeistert von der Seite an. »Das ist doch was für alte Männer. Was willste da?«

»Einkaufen«, sagte Hubert.

Soffie ging mit. Anschließend sah Hubert aus wie Warren Beatty als Clyde, nur nicht ganz so schön, und seinen etwas mühsamen Gang konnten auch die schwarz-weiß gestreiften Bundfaltenhosen nicht kaschieren, doch rutschten die Hosen nicht mehr, denn sie wurden von breiten blauen und mit weißen Sternchen gepunkteten Hosenträgern gehalten. Eine Kollektion bunt karierter Hemden und eine Lederjacke mit so breit wattierten Schultern, daß selbst Robert Mitchum darin versunken wäre, vervollständigten Huberts neue Garderobe. Die Straße kam aus dem Staunen nicht mehr heraus. Wilde Gerüchte kursierten. Nur auf die Idee, Huberts neuen Outfit mit Monika in Verbindung zu bringen, kam noch niemand. Schließlich war er seit langem schon endgültig als Neutrum klassifiziert und solche Einordnungen sind stabil, zumal in einer Straße wie dieser.

Hubert ging nicht direkt vor. Das versteht sich, denn er ist überhaupt nicht der Typ von Aufreißer, der mit zwei, drei Worten und einer Handbewegung gleich alles klarmacht. Hubert trieb sich, seitdem Monika da war, auffällig häufiger im *Parisienne*, wo sie arbeitete, als im *Lotus-Cabaret* herum. Vor allem zu Zeiten, wo im *Parisienne* noch nichts los ist, am frühen Abend. Dann schleppte er Kisten und Kartons hin und her, fragte Monika, wo die verstaut werden müßten, obwohl er das viel genauer wußte als sie, und anschließend, nach getaner Arbeit, setzte er sich zu Monika an die Theke, trank ein Kölsch, steckte sich eine Zigarette an und blies genießerisch den Rauch vor sich hin, als sei er eben aus der Sklaverei entlassen worden.

»Und sonst?« fragte er nach einer Weile. Monika sah ihn an, als käme er von einem anderen Stern. Dann hatte sie die Frage verstanden.

»Alles-klar-und-selbst«, sagte sie, auf keine Antwort wartend und polierte weiter Sektgläser.

»Alles klar«, antwortete Hubert leise. Aber Monika hörte ohnehin nicht zu. Dann schwieg Hubert. Trank noch ein Kölsch und sah sich interessiert im leeren Lokal um.

»Ich muß mal wieder, weiter«, sagte er dann schließlich.

»Ist gut«, Monika sah gar nicht zu ihm rüber, fummelte an der Stereoanlage.

So ging das eine Woche lang, zwei, drei, jeden Tag. Die Variationsbreite von Huberts Annäherungsversuchen hielt sich in bescheidensten Grenzen. Mal fragte er sie, ob sie was zu Essen brauche, mal, ob er ihr Zigaretten vom Büdchen mitbringen solle. Viel mehr hatte er nicht zu bieten. Saß die ganze Zeit wie ein Stockfisch am leeren Tresen und starrte sie an. Für sie war er weniger als Luft. Luft brauchte sie zum Atmen. Aber wozu sollte sie Hubert brauchen? Reden, plaudern? Das Reden und Plaudern war ein Geschäft für sie, eine Ware, ein Kapital, das sie einsetzte, um die Kunden zum Trinken zu animieren. Für Monika zählte nichts als Geld. Der Wert eines Mannes bemaß sich für sie nach der Anzahl der Pikkolos und Cocktails, die er ihr ausgab, und nach der Anzahl der Getränke, die er sich selbst reinschüttete. An beidem war sie mit 30 Prozent beteiligt. Es brauchte Zeit, bis Hubert das begriff. Dabei begriff er es auch dann nur unvollständig. Er reagierte bloß. Wie ein Pawlowsches Kaninchen, das auf ein bestimmtes Glockenspiel hin die von ihm erwarteten Aktionen ausführt, weil es weiß, daß es jetzt an die Möhren kommt. Es war das Glockenspiel, auf das Hubert reagierte, Monikas Glockenspiel, ihr Kapitaleinsatz.

»Was fürn schöner Name!« sagte Hubert eines Abends mit glasig verklärtem Blick zu Eddi.

»Monika!« Hubert legte die Betonung auf das »n«, sagte »Monnika«.

»Wie das klingt! Wie eine Geige! Wie ein Gedicht!«

Eddi starrte ihn einen Augenblick fassungslos an, hatte ihn im nächsten Augenblick unter der Kategorie »Volltrottel« abgehakt (unter der liefen bei ihm die meisten seiner Gäste) und kümmerte sich dann um etwas anderes. Hubert litt. Seine Nächte verliefen ebenso einsam wie schlaflos. Er konnte zwanzig oder dreißig Kölsch in sich hineingeschüttet haben, schlafen konnte er dann immer noch nicht. Eine quälende, fordernde Sehnsucht hielt ihn wach. Eine Sehnsucht, die sich auf weit mehr als auf Monika ersteckte und doch in Monika ihr Zentrum fand. Monika war der Inbegriff des Weibes. Ihre Augen, ihre Haare, ihre Brüste, ihre Arme, ihre Hände, ihr Hintern, ihre Beine. Alles vollendet, so rund, so samtig, ein unermeßliches Glücksversprechen lag in all dem und in Monika als Ganzem, wie Hubert es nie zuvor in seinem Leben kennengelernt hatte. Was waren dagegen die Erlebnisse mit

104

Frauen, die er vorher gehabt hatte. Kleine, rasch vergessene Episoden, schnelle Nummern mit Baustellen-Nutten in feuchten Baracken, wenn er auf Montage gewesen war, einmal ein Bratkartoffelverhältnis mit einer enervierenden grünen Witwe auf der Schwäbischen Alb. Das, was ihm mit Monika widerfuhr, hatte Hubert noch nie erlebt. Er war verliebt.

Natürlich ist es völliger Schwachsinn zu behaupten, daß man das, was man sich von ganzem Herzen wünscht, eines Tages auch bekommt. Das sind fromme Märchen, um das Volk hungrig und dumm zu halten. Hubert verhielt sich lediglich wie das Kaninchen in einem Pawlowschen Käfig. Versuch und Irrtum. Er gab ihr einfach Getränke aus! Auf die Idee hätte er allerdings früher schon kommen können. Aber dazu hätte er sie durchschauen müssen, ein klein wenig jedenfalls. Doch, wie das so ist in diesem Zustand, war Hubert dazu nicht in der Lage, er war ja verliebt. Im übrigen ist es nicht üblich, daß das Personal sich gegenseitig Getränke ausgibt. Das ist von Soffie sogar ausdrücklich verboten worden, weil es geschäftsschädigend ist. Wenn einer einen ausgibt, dann ist es der Kunde. Dazu ist der schließlich da.

Hubert durchbrach das Gebot. Einfach so, Versuch und Irrtum. Ihm fiel nichts anderes mehr ein. Tagelang hatte er schon nicht mehr bei ihr im *Parisienne* an der Theke gesessen. Ihr eisiges Schweigen hatte er einfach nicht mehr ertragen. Stattdessen hatte er gegrübelt, hatte es in ihm gegärt. Und dann ging er eines Freitagabends ins *Parisienne*, fröhlich pfeifend, obwohl sein vegetatives Nervensystem aufs äußerste in Aufruhr war. Er wollte es ihr sagen. Es ihr einfach sagen. Nichts einfacher als das! Was ist denn schon dabei? Was kann denn da schiefgehen? Ja oder nein! Die Düsternis im Inneren des *Parisienne* konnte ihn keineswegs beruhigen. Er setzte sich an die Theke. Monika hatte bloß kurz aufgeblickt, sich gleich wieder in das Kreuzworträtsel des *Prisma* vertieft.

»Und sonst?« fragte Hubert.

Monika blickte nicht auf, murmelte »Alles-klar-und-selbst« und tippte mit silbrig lackiertem Fingernagel die Buchstaben zählend einmal »waagrecht« entlang.

»Tu mir bitte ein Kölsch,« sagte Hubert nach einer Weile.

Als sie es vor ihn hinstellte, rutschte es ihm raus, einfach eine Floskel, weil er nicht wußte, wie er sonst hätte anfangen sollen.

»Trinkste auch was?«

Ein, zwei Sekunden sah Monika Hubert an, wahrscheinlich das erste Mal überhaupt.

»Gerne«, sagte sie und von da an war auf einen Schlag alles anders. Natürlich trank sie den teuersten Cocktail, den das *Parisienne* auf seiner Preisliste führt. Als sie ihn fertig gemixt hatte, stieß sie tatsächlich mit Hubert an und sagte »Skol!«

Hubert verschluckte sich an seinem Kölsch, prustete. Sie kam hinter dem Tresen vor, klopfte ihm auf den Rücken, setzte sich neben ihn, sog mit dem Strohhalm ihren Cocktail mit einem Zug halb leer und fragte: »Was machste eigentlich so 'n ganzen Tag?«

Daraufhin erzählte ihr Hubert sein ganzes Leben. Und eins muß man Monika lassen: sie konnte zuhören. Sagte zwischendurch bloß: »Ja?« oder »Tatsächlich?« oder »Ist das wahr?«, legte dabei ihre schmale, weiche Hand mit den silbernen Fingernägeln mal auf Huberts Unterarm, mal umklammerte sie damit sanft seinen Bizeps, ruschte dann auf Huberts Oberschenkel ab und ließ die Hand einen Moment dort liegen. Elektrische Ströme jagten durch Huberts Körper. Nur um sich einen neuen Cocktail zu mixen und Hubert ein weiteres Kölsch zu zapfen, wich sie ein paar Augenblicke von seiner Seite. Als Hubert schließlich fertig war mit seiner Geschichte, der erste Kunde des Abends erschien und sie ihr Gespräch beenden mußten, hatte Hubert sieben Kölsch getrunken, Monika neun Cocktails. Die schmale, weiche Hand schrieb zierliche kleine Zahlen auf ein Blöckchen, zog energisch einen Strich darunter, tippte die Zahlenreihe hoch und schrieb dann »343,00 DM« unter den Strich. Als Hubert gezahlt hatte, gab sie ihm einen leichten, kaum spürbaren Kuß auf seine rechte Wange und hauchte: »Bis morgen, Schatz!«

Man kann sich leicht vorstellen, was in Hubert anschließend vor sich ging, wie sein schleppender Gang draußen vor der Tür sich in ein beschwingtes Hüpfen verwandelte. Man kann sich ebenso leicht vorstellen, wie die Geschichte endete, die zwischen Hubert und dem

Biest. Eigentlich gibt es da auch gar nicht mehr viel zu erzählen. Erstmal ging es nun so weiter wie an jenem Freitag. Hubert saß, sobald Monika den Laden aufgemacht hatte, bei ihr an der Theke, und ihre schmale weiche Hand auf seinem Oberschenkel sorgte dafür, daß seine Invalidenrente, sein Lohn und einiges mehr in Cocktails und überteuertes Kölsch investiert wurden. Man kann sich vorstellen, daß das nicht allzulange gutgehen konnte. Ob je einmal mehr als Handauflegen aus der Sache geworden war, weiß kein Mensch in der ganzen Straße. Natürlich behauptete Hubert das, zumindest machte er Andeutungen in diese Richtung. Eines Abends kramte er bei Eddi sein Portemonnaie aus der Gesäßtasche, zog ein Foto daraus hervor und zeigte es Horst.

»Ach, was ist denn das!« rief Horst. »Das ist doch das Raubtier aus dem *Parisienne*! Wofür haste denn von der 'n Foto in der Tasche?«

Hubert zog die Augenbrauen hoch und seine Miene signalisierte äußerste Verzückung, so, als wäre er nicht mehr von dieser Welt.

»Sag bloß, du hast was mit der!« Horst stellte energisch sein Kölschglas ab. Hubert hatte die Augen geschlossen, als ertrüge er das Licht im siebten Himmel nicht mehr.

»Das ist doch 'ne Nutte!« stellte Horst mit leichter Entrüstung in der Stimme fest.

Hubert erwachte. Zornesröte stieg in sein eben noch verklärtes Gesicht.

»Für dich«, sagte er mit einer für ihn ungewöhnlichen Schärfe, »für dich sind wohl alle Frauen Nutten?«

»Ach weißte«, sagte Horst bedächtig und reichte Hubert das Foto zurück. »Schlecht wäre das nicht, wenn alle Frauen Nutten wären und alle Männer Arbeiter. Dann wüßte man wenigstens, wofür man arbeitet.« Dann trank er an seinem Kölsch. »Jedenfalls bist du bekloppt. Die Alte ist dein Ruin!«

Natürlich hatte Horst recht. Hubert ruinierte sich nicht nur mit teuren Cocktails. Er schlug auch noch jeden anderen möglichen Weg ein, der es Monika gestattete, ihm die letzte Mark aus der Tasche zu ziehen. An ihren freien Abenden lud er sie zum Essen ein und es braucht nicht eigens erwähnt zu werden, daß sie sich nicht zum Gyros-Griechen auf der Ecke führen ließ. Und jedesmal nach dem Aperitif zum Abschluß eines Dreihundert-Mark-Essens bekam sie ihre Migräne oder war urplötzlich zum Umfallen müde, so daß Huberts ausgetüftelter Plan, sie anschließend in eine Disco und dann vielleicht noch woanders hin abzuschleppen, immer wieder zunichte gemacht wurde.

Hubert realisierte einfach nicht, welches Spiel mit ihm getrieben wurde. Er lebte in einem von Sehnsüchten und Hoffnungen gespeisten Traumreich und sein Glück war schon nahezu vollkommen, wenn er nur in ihrer Nähe sein durfte und wenn die schmale weiße weiche Hand ihre Ströme durch seinen Körper schickte.

Hubert investierte weiter in seinen Traum. Der Gipfel war der Papagei, den er ihr eines Tages gekauft hatte. Apo hieß das Tier, das 93 Jahre alt sein sollte und in seiner Jugend wohl einmal so bunt ausgesehen haben mußte wie der Vogel, der früher auf den »Stollwerck«-Pralinenschachteln grün und rot prangte. Jetzt war von dieser Farbenpracht wahrlich der Lack ab, das Gefieder stumpf, im Zustand der Dauermauser, sah aus wie abgenagt, angefressen. Trotzdem hatte der Papagei Hubert eine ganze Stange Geld gekostet.

»Der spricht nämlich wie ein Buch«, hatte der Händler gesagt. Was sich leider als allzu wahr herausstellte.

»Ach was ist das denn für ein Leckerchen!« log Monika mit unverschämt schlecht geheuchelter Entzückung. »Wie heißt der denn?«

»Apo«, sagte Hubert.

»Apo? Was ist das denn fürn Name?«

»Hat vorher mal so 'nem Student gehört, sagt der Typ von der Zoohandlung.«

»Und kann der sprechen?«

»Und wie!«

»Sag mal Arschloch«, sagte Monika zum Papagei.

»Za ma Asslo«, sagte der Papagei.

»Sag mal Pikkolo!«

»Za ma Piolo«, sagte der Papagei.

»Monika ist lieb!«

»Mohia iz lieb«, sagte der Papagei.

Apo war wirklich ein Phänomen. Er konnte nicht nur jedes Wort nachsprechen, er behielt die Worte auch, und nicht nur Worte, sondern ganze Sätze. Und das eigentlich Phänomenale an Apo war, daß er die Worte und Sätze bei den passendsten Gelegenheiten anzubringen vermochte. Zum Beispiel, wenn abends um halb zehn Martina, eine der Animierdamen im *Parisienne*, kam, krächzte Apo zur Begrüßung »Ah! Matina! Zon wieda bezoffen!«, was in 90 von 100 Fällen mit der Wirklichkeit übereinstimmte.

Wie gesagt, Monika war in jeder Hinsicht ein Biest. Apo aber wurde zur Attraktion des *Parisienne*. Er saß den ganzen Abend auf einem von Hubert eigens gebauten Gestell hinter der Theke, schiß in ein eigens für ihn errichtetes und von Hubert täglich frischgemachtes Katzenklo am Fuße des Gestells und kommentierte von dort aus das Geschehen im *Parisienne* mit den unflätigsten Bemerkungen, die der Kehle eines Tieres je entwichen sein dürften. Soffie, die Chefin, duldete das Tier und sein Treiben, nicht aus besonderer Tierliebe, sondern weil Apo den Laden binnen kürzester Zeit zu einem besonderen Anziehungspunkt für die Kundschaft machte. Ja, es gab sogar eine ganze Reihe von Gästen, die nur wegen Apo ins *Parisienne* kamen, um sich dort von ihm beschimpfen zu lassen. Sie schlugen sich vor Vergnügen auf die Schenkel, wenn Apo ihnen »Asslo« oder »Wixa!« zurief.

Doch ist die Geschichte mit Apo letztlich nur deshalb erwähnenswert, weil sie praktisch den Endpunkt von Huberts unerfüllter Leidenschaft markierte. Zwei, drei Wochen nämlich, nachdem er Monika den Papagei zum Geschenk gemacht hatte, verschwand Monika aus dem *Parisienne* und aus der Straße. Sie hatte einen Typ aus der Werbebranche kennengelernt, der ihr das Blaue vom Himmel herunter versprach, darunter natürlich eine steile Karriere als Fotomodell.

»So, wie du aussiehst. Du gehörst doch nicht in so ein Rums hier«, hatte er gesagt.

Ob sie dann schließlich Karriere machte und ob sie dem Werbefritzen die branchenüblichen Gegenleistungen erbrachte, oder ob es ihr gelang, auch ihn an der Nase herumzuführen, weiß niemand in der Straße. Jedenfalls war Hubert abgemeldet, seine Cocktails wurden verschmäht.

»Ach Hubert, laß mich in Ruh mit deinem ewigen ›Trinkste was mit‹«, sagte Monika, und das eisige Schweigen machte sich wieder im *Parisienne* breit, wenn Hubert am frühen Abend hineinkam. Das Schweigen wurde jetzt nur noch unterbrochen durch Apos heisere Stimme: »Hubät-du-stinkst!« Das hatte ihm natürlich Monika beigebracht. Hubert verstand die Welt nicht mehr. Ihm fiel nichts besseres ein, als Monika zu fragen, ob sie ihn heiraten wolle. Darauf ließ Monika ein solch schauerliches Hohngelächter los, daß Hubert endlich floh, nach nebenan zu Eddi, bei dem er sich eine Whisky-Cola bestellte. Zwei Tage später war Monika weg. Seitdem ist Hubert bei Whisky-Cola geblieben. Apo, der Papagei, wurde von Soffie übernommen. Und es ist Apos Schuld, daß Huberts Erinnerung an Monika einfach nicht verblaßt. Denn jedesmal, wenn Hubert zu Soffie kommt, um mit ihr abzurechnen, plustert Apo sein marodes Gefieder auf, hüpft auf seiner Stange hin und her und krächtzt: »Hubät-du-stinkst!«

Geh mal zur Seite, Kleiner!

*Guter Mann, wenn ich dir sage, daß eine Fliege den Pflug
ziehen kann, frag mich nicht wie, sondern spann sie an!*

Muhammad Ali

Vor dem Kiosk auf der Vogelsanger Straße tritt einer vom Bürgersteig
auf die Straße, winkt. Das Taxi hält. Der Mann, ein ziemlicher Brocken
in Jeansjacke und mit Schnauzbart, Anfang dreißig vielleicht, umrundet
den Wagen, steigt an der Beifahrerseite ein. Der Fahrer blickt kurz
hinüber zum anderen und tippt schweigend auf das Messingschild auf
dem Handschuhfach. »Bitte nicht rauchen!« Der mit der Jeansjacke
kurbelt – ebenfalls schweigend – das Fenster hinunter und wirft seine
Kippe hinaus.

»Ecke Widdersdorfer und Oskar-Jäger-Straße.«

Der Fahrer legt den Gang ein, drückt auf den Nullknopf des Taxome-
ters. Geisselstraße, Widdersdorfer, über den Gürtel. Ein paar Meter
bloß. Der Wagen hält.

»Fünf Mark«, sagt der Taxifahrer.

Der andere kramt in seiner Jeansjacke, hält dann aber plötzlich inne,
blickt den Fahrer an. Er ist sauer, das mit der Zigarette eben hat ihn
geärgert.

»Et gibt kein Geld!«, sagt er, sieht dem Taxifahrer frech ins Gesicht.

Dann stößt er die Tür auf. Der Chauffeur greift in Seelenruhe zum Zündschlüssel, dreht ihn herum, der Diesel stirbt.

»Ach, du sagst, et gibt kein Geld?«

Beim Aussteigen steckt er die Schlüssel in die Hosentasche, umrundet seinen Wagen. Der andere ist ebenfalls ausgestiegen, steht neben dem Auto und schaut herausfordernd auf den kleinen dicken alten Mann mit dem tonnenförmigen Bauch hinunter. Der nähert sich ihm mit aufreizender Gelassenheit. Der in der Jeansjacke will lachen über den dicken Kleinen, aber soweit kommt er nicht. Eine Linke reißt seine zwei Zentner im Bruchteil einer Sekunde zu Boden.

Ein Fahrradfahrer nähert sich, hat die Szene beobachtet. Und der kleine dicke Taxifahrer hat mitbekommen, daß der Radfahrer ihn beobachtet hat. Deshalb sagt er jetzt laut: »Und wenn du mich noch mal trittst, dann kriegste noch 'ne Knallzigarre!«

»Richtig!« ruft der Fahrradfahrer und radelt vorbei.

»Und jetzt die fünf Mark«, sagt der Taxifahrer.

Der andere rappelt sich hoch, hat glasige Augen, sucht in seiner Jackentasche und reicht schließlich dem Fahrer ein Fünfmarkstück. Hätte er gewußt, daß der Taxifahrer Pipela heißt und gewußt, wer Pipela ist, er hätte ihm das Geld schon im Wagen gegeben.

Bis zum neunten Schuljahr war Pipela der Stärkste in der ganzen Schule gewesen. Bis dann eines Tages ein Neuer gekommen war, groß, viel größer als Pipela. Und der hatte dem ungekrönten König der Nußbaumerstraße die erste ordentliche Abreibung besorgt. An der Größe des anderen konnte es nicht gelegen haben. Gerade mit den Großen war Pipela immer schon am besten fertiggeworden. Es stellt sich heraus, daß der andere im Sportverein boxte. Danach stand für den kleinen Pipela fest, daß auch er boxen würde. Mit fünfzehn Jahren bestritt er seinen ersten Kampf für den BC Westen.

Er wußte nicht, daß Ley schon raus war, als er mit Elfi im *Vierbaum* auf der Stammstraße tanzte, und er wußte es immer noch nicht, als er später mit ihr knutschend im *Glaspalast* nebenan im Dunkeln vor der Klotüre stand. Er massierte ihr so sanft, wie es seine harten Verputzerfinger zuließen, die Brustwarzen, als ihm jemand auf die Schulter klopfte. Es war König, sein Freund. Der nickte nur kurz mit dem Kopf zur Tür hin. Pipela ließ los. Als er rauskam, stand Ley mit drei anderen vor der Tür.

»Was ist denn mit dir, du Zwerg?«

Ley stemmte die Fäuste in die Hüften und warf mit einer knappen Kopfbewegung die Schmalzlocke aus der Stirn, die ziemlich blaß war nach dem Jahr im Rheinbacher Knast.

»Soll ich dir 'ne Leiter bringen, damit du an meine Elfi drankommst?«

»Brauchst du nicht«, sagte einer der drei anderen, »der kriegt sowieso keinen hoch.«

»Und wenn, dann ist das Pipelchen viel zu klein.«

Pipela sah sie einen nach dem anderen an. Es hatte keinen Zweck. Auf König konnte er nicht zählen, der war auch schon abgehauen. Also einer gegen vier. Die drei anderen hätte er vielleicht noch geschafft. Aber der Schwarze Ley galt als übler, unberechenbarer Schläger. Pipela sagte nichts, obwohl es in ihm kochte. Die Fäuste blieben in den Hosentaschen und er ging zur Seite weg, genügend Abstand zwischen sich und den vieren lassend.

Zwei oder drei Tage später war es wieder Königs Herm, der Pipela den Tip gab. Der Schwarze Ley stünde im *Sackgassen-Eck* an der Theke und zwar allein. Pipela überlegte nicht lange.

»Du gehst mit«, befahl er Herm, »und hältst mir den Rücken frei.«

Dann marschierten sie zum Sackgassen-Eck in die Sennfelder Straße. Ley stand tatsächlich ganz hinten an der Theke und unterhielt sich mit dem Wirt. König blieb an der Tür, Pipela stellte sich vorn an die Theke. So konnte er den Gang zwischen Theke und Gang leicht blockieren. Als Ley an ihm vorbeikam, um zum Klo zu gehen, ließ er ihn wortlos durch. Als er zurückkam, drehte Pipela sich um und versperrte ihm den Gang.

»Kannste das noch mal wiederholen, was du da vor'n paar Tagen zu mir gesagt hast, als du so stark warst mit deinen drei Mann?«

»Du kannst von mir paar vorn Kopp haben, jetzt, auch ohne die drei Mann!«

Pipelas Linke kam trocken an Leys Leber und eine zehntel Sekunde später folgte die Rechte und landete krachend an der Kinnlade des anderen. Leys Kopf schlug auf die Theke, mit der Nase voran. Die Nase platzte auf, ein Schwall Blut schoß über den Tresen, Ley sackte in die Knie. Pipela hätte ihm noch eine geben können. Er ließ es, wandte sich ab und ging zur Tür. König war verschwunden. Er drehte sich beim Hinausgehen nicht um, und da König ihn nicht warnen konnte, weil König nicht mehr da war, bekam Pipela noch die Flasche an den Hinterkopf. Es tat nicht weh. Er spürte nur etwas Warmes im Nacken und faßte danach. Es war sein eigenes Blut. Da mußte er doch noch umkehren und Ley den Rest besorgen.

Abends, zu Hause in der Körnerstraße, klingelte es. Der Vater ging zur Tür. Es war der Wirt vom *Sackgassen-Eck*. Er wollte hundert Mark haben, für die Reinigung seiner Kneipe. Die hätte im Blut gestanden. Der Vater zahlte und schüttelte den Kopf: »So was macht der Jung doch sonst nicht!«

Damals nannten ihn alle schon Pipela, kaum jemand kannte seinen richtigen Namen. Den Spitznamen Pipela verdankte er nicht seiner Körpergröße, sondern seiner Großmutter. Als Kind ging er oft zur Großmutter in die Platenstraße.

»Wo gehste hin?« fragten ihn die Großen, die Zigaretten rauchend an der Ecke standen.

»Zu meiner Kippels Oma«, antwortete der kleine Hans.

Die Oma hieß eben Kippel mit Nachnamen. Und als er das nächste Mal an den Eckenstehern vorbeikam, riefen sie ihm nach:
»Kippela, die Oma.«

Später riefen sie nur noch »Kippela« und aus dem »Kippela« wurde dank der geheimnisvollen Gesetze der Kölschen Lautverschiebung »Pipela«. Pipela heißt er heute noch.

Trainiert wurde in der Sporthalle der Schule in der Nußbaumerstraße. Zweimal in der Woche. Die Talente und die Staffel absolvierten zusätzliches Training im Hinterraum des *Kristallpalastes*. Pipela lieferte seine ersten sechs Kämpfe ab, ohne daß jemand im BC Westen besonders auf ihn aufmerksam geworden wäre. »Brav«, »ordentlich«, »talentiert«, sagten die Trainer. Pipelas Fähigkeiten schlummerten noch. Eigentlich war er nur stark. Er schlug mit der Linken, Rechtsausleger. Wenn die Linke durchkam, wirkte sie wie ein Pferdetritt. Aber sie kam selten durch. Die Gegner waren zu groß für den kleinen Pipela, ließen ihn an ihren ausgestreckten Armen verhungern. Das änderte sich vom siebten Kampf an.

Siegburg. Der Gegner hieß Münch und gab am Ende der zweiten Runde auf. Abbruchsieger Hans Paffenholz, genannt Pipela. Pipela hatte sein Rezept gefunden. Der andere, Münch, überragte ihn um Haupteslänge, ließ ihn eine ganze erste Runde lang um seine ausgestreckte linke Führhand herumturnen, grinste, nahm Pipela nicht ernst. Das ging so bis zur Mitte der zweiten Runde. Dann brach Pipela durch. Ignorierte die Linke des anderen, steckte ein, zwei Schläge ein und war jetzt dran am Körper des anderen. Aufwärtshaken mit der Rechten zum Kopf, ein trockener Haken mit der Linken, hinter den er sein ganzes Gewicht legte, ein Leberhaken, der dem anderen die Luft nahm und die Augen glasig werden ließ. Pipela setzte nach, blieb an ihm dran. Münch nahm die Deckung nach unten, schützte seinen Körper, doch dadurch wurde sein Kopf frei und Pipela traf, unsauber noch, noch nicht k.o.-reif, aber er traf, so lange, bis das Handtuch aus Münchs Ecke kam. Damals war Pipela siebzehn und hatte gerade den berüchtigten Ehrenfelder Schläger Ley in dessen Stammkneipe fertiggemacht.

Vollends zum Ehrenfelder Lokalmatador wurde Pipela ein Jahr später, 1950. Ausgerechnet in Düsseldorf. Mit Frankreiter, Theis, Schmitz und Kessler fuhr er in der Kölner Stadtauswahl zum Städtekampf ins Düsseldorfer Reiterstadion. Der Städtekampf begann als Vernichtungsfeldzug der Düsseldorfer. Die ersten drei Kämpfe beobachtete Pipela von der Zuschauerbank aus. Einer nach dem anderen gingen die Kölner unter. Pipela wurde es mulmig. Welter, sein Gewicht, kam an fünfter Stelle. Er ging in die Kabine, um sich Bandagen und Handschuhe anlegen zu lassen. Er hörte am Johlen und Pfeifen des Düsseldorfer Publikums draußen, daß auch sein Vorgänger Prügel bezog. Sein Magen schrumpfte zu einem kleinen, harten Stein. Er ging hinaus, in Richtung des Rings, dorthin, wo sich die Boxer vor dem Kampf in einer Wanne Magnesiumstaub unter die Sohlen treten konnten. Sein Gegner, Brodes-

ser, war schon da, zwei Betreuer bei ihm. Vom Ring der Gong zum Schluß der letzten Runde. Der Kölner hatte verloren. Nummer vier. Pipela sah nicht zum Ring hinauf, er schaute auf die Füße seines Gegners in der Magnesiumwanne. Der Druck im Magen wuchs.

»Mach jetzt schnell«, hörte er die Stimme eines der Düsseldorfer Betreuer, an Brodesser gewandt. Der sah kurz hoch.

»Ja, mach schnell, Jung, dann kriegste noch 'ne heiße Wurst ab!«

Pipela hörte es genau: »Mach schnell, dann kriegste noch 'ne heiße Wurst.« Mit einem Mal wurde sein Kopf klar, die Beklemmung wich, der Druck im Magen ließ nach. »Mach schnell!« Angestaute Luft presste sich in einem kurzen Schub aus seiner Lunge. Pipela lachte, ein kurzes, durch die Nase geschnaubtes, wütendes Lachen. »Heiße Wurst!«. Er trat in die Magnesiumwanne. Ganz ruhig. Er atmete tief. Der Druck im Magen war jetzt ganz weg. Sein Körper warm, die Muskeln locker, er ließ die Arme baumeln. Dann wurden sie aufgerufen. Paffenholz, Köln. Brodesser, Düsseldorf. Gong. Der andere war lang, schmal, gute Beinarbeit, tastete mit der Linken. Pipela bewegte sich wenig. Drehte sich, die Deckung hoch.

»Laß ihn kommen!«

Brodesser kam. Bereitete mit der Linken vor, die Rechte lauerte tief. Pipela unterlief die Führhand des anderen und eine zehntel Sekunde später traf sein linker Haken das Kinn des Gegners. Bis acht zählte der Ringrichter. Pipela zählte stumm weiter. Bis zwölf. Erst dann bewegte sich Brodesser wieder, versuchte den Kopf, dann den Oberkörper zu heben, der flach auf der Gummimatte lag. Pipela sah ihm von seiner Ecke aus zu, die Fäuste immer noch oben. 50 Sekunden hatte der Kampf gedauert. Pipela dachte an die heiße Wurst.

Boxen war in den 50er Jahren Volkssport in Köln. Überall in der Stadt gediehen die Boxsportvereine. Die Besten kamen aus dem Postsportverein, aus der Colonia und natürlich vom BC Westen. Wenn die Staffel des BC Westen in Ehrenfeld boxte, im Kino am Lenauplatz oder auf dem Fußballplatz des SC West im Freien, dann kamen ein paar hundert Zuschauer, um die Lokalmatadoren siegen zu sehen. Pipela gehörte jahrelang zu den Siegern. Von über 200 Kämpfen im Weltergewicht gewann er 170. An die hundert davon durch K.o. Einmal gelang ihm eine Serie von 14 K.o.-Siegen hintereinander. Er war der berühmteste Kölner Rechtsausleger seiner Zeit, gefürchtet wegen seiner Schlagkraft und seiner Kaltblütigkeit. Immer die gleiche, seinen und den Proportionen seiner Gegner angemessene Taktik: hinein in den Mann, Leberhaken.

Sein letzter Kampf liegt an die dreißig Jahre zurück. Sein Rekordbuch – so nennen die Boxer das Heftchen, in das der Verband jeden einzelnen Kampf des Boxers einträgt – sein Rekordbuch hat er schon vor zwanzig Jahren verloren. Statt dessen bewahrt er noch eine Mappe mit gelb und brüchig gewordenen Zeitungsausschnitten auf, dazu ein paar Fotos. Aber er braucht weder ein Rekordbuch, noch die Zeitungsausschnitte, um sich an seine Kämpfe zu erinnern. Merkwürdig: ein Boxer trifft meist nur ein einziges Mal auf einen Gegner, sieht ihn ein paar Minuten vor dem Kampf, die zehn Minuten, die ein Kampf in der Regel dauert, danach nie mehr. Trotzdem und obwohl dreißig, vierzig Jahre dazwischen liegen, es gibt kaum einen Boxer, der den Namen eines Gegners vergißt. Gleichgültig ob er oder der andere gewann, Pipela erinnert sich genau an seine 200 Gegner. Das heißt, er weiß nicht mehr, wie sie aussahen, würde sie nicht wiedererkennen. Aber er hat ihre Namen behalten. Nick Münch, Siegburg, Sieg in der zweiten Runde durch K.o., Ossendorf, Leverkusen, erste Runde Sieg durch K.o. Berg, Hamburg, unentschieden. Kandel, Hamburg unentschieden. Keffer, Fendel, Hövel, Adi Müller ... Es ist nicht selbstverständlich, über einen so langen Zeitraum all die Namen im Gedächtnis zu behalten, Namen von Menschen, denen man eine Viertelstunde bloß begegnete. Aber was für eine Viertelstunde! Ist es die Angst vor dem anderen, vor und während des Kampfes, die die Erinnerung wach hält? Der Boxer kennt seinen Gegner nicht, hat vielleicht das eine oder andere über seinen Stil, seine Taktik, seine Statur gehört. Noch zehn Minuten bis zum ersten Gong, und er hat ihn immer noch nicht zu Gesicht bekommen, kennt nur seinen Namen: Münch, Brodesser, Ossendorf. Wie wird er boxen? Wird er gleich angreifen? Oder läuft er weg? Muß ich ihn stellen? Ist er auf Konter aus? Pipela würde entschieden die

Deutung ablehnen, die Angst vor dem Gegner hätte dessen Namen für immer in sein Gedächtnis geschrieben. »Das ist einfach so«, würde er antworten, fragte man ihn nach einer Erklärung. Der letzte Name in Pipelas Liste heißt Heinze. Heinze, Berlin, Sportpalast, 1959.

Öllich hatte die Bandagen fertig, hart gewickelt, mit Lassoband überklebt. Stülpte jetzt die Sechs-Unzen-Handschuhe über Pipelas Fäuste und riffelte mit beiden Händen das Futter weg von der Schlagfläche, nach hinten, auf die Handgelenke zu.

»Ist, als wenn du bloß zwei Glacéehandschuhe über den Fäusten hättest«, sagte Öllich und schnürte die Handschuhe zu. Pipela beobachtete den Trainer und knurrte irgendetwas Unverständliches. Pipela war sauer.

Von oben, aus dem Sportpalast, dröhnte die Stimme des Ringsprechers herunter in die Kabinen. Prominenz wurde in den Ring geholt: Hans Albers, Nadja Tiller, Walter Giller, O.E. Hasse! Applaus. Geklatsche. Gejohle. Die Halle war voll, einen Tag nach den Filmfestspielen. Alle waren noch in Berlin geblieben, um im Hauptkampf Bubi Scholz gegen Peter Müller zu sehen.

»Noch drei Minuten«, sagte Öllich.

Pipela stand auf, hüpfte, schlug angedeutete Haken in die Luft, dann Gerade gegen Öllichs flache Hand.

»Was ist mit dir?« fragte Öllich.

»Nichts«, sagte der Boxer, »gar nichts«. Er schlug eine schnelle Serie von Rechts-Links-Kombinationen in die Luft.

»Außer, daß ich heute Mittag das erste Mal seit zwei Tagen was gegessen hab.«

»Waas?« Öllich ließ die ausgestreckten Arme sinken. Aber dann rief der Ringsprecher die Boxer zum ersten Rahmenkampf aus: Heinze, Berlin gegen Paffenholz, Köln. Öllich packte seine Ring-Utensilien und sie gingen nach oben.

Heinze war gerade erst aus der DDR gekommen. War da ein Klasse-Boxer gewesen und hatte in seinem letzten Amateurkampf den bulgarischen Olympiasieger im Weltergewicht von 1956 besiegt.

Linksausleger, einen halben Kopf größer als Pipela, eigentlich der

ideale Gegner. Pipela ließ ihn kommen, ließ ihn angreifen, bot ihm die rechte Seite an, drehte nach außen ab, wenn der andere mit linken Geraden auf seine Deckung punchte, während die Rechte auf Körpertreffer lauerte. Pipela spürte, er mußte haushalten mit seiner Kraft. Acht Runden waren angesetzt. Schon nach zwei Minuten wurden ihm die Beine schwer. Das Steak eben, das bißchen Salat, das belastete nur den Magen. Zwei Tage hatte er im *Bristol* alleine herumgesessen, hatte gehungert. Die Müller-Truppe war aus dem Trainingslager in Obernau nach Berlin gefahren, donnerstags, in Müllers Hotel war kein Zimmer mehr frei, sie hatten Pipela im *Bristol* abgesetzt, alleingelassen, ohne Geld. Thelen, der Manager, kümmerte sich um seinen Star Peter Müller. Dessen Sparringspartner, Pipela, vergaß er.

Als Gretchen ihn Samstagsmorgens zum Wiegen abholte, starrte sie ihn an: »Wie siehst du denn aus?«

Pipela hatte ein Kilo mehr abgespeckt, als ihm bekommen sollte. Nach dem Wiegen fuhr sie ihn in ein Restaurant, spendierte das Steak. Knapp zwanzig Sekunden vor dem Schlußgong der ersten Runde brach Pipela durch, ging an Heinzes Körper. Der Zorn auf Thelen, nicht eine Schwäche des Gegners, diktierte seinen plötzlichen Ausfall. Er kassierte zwei, drei Linke mehr als sonst, bevor er einen Haken an Heinzes Leber landen konnte. Und auch dem fehlte es an Durchschlagskraft.

»Der liegt nur ganz knapp vorne.« Öllich versuchte ihn in der Pause aufzubauen. »Den kannst du schaffen.«

Pipela atmete schwer, lehnte sich weit in die Ringecke zurück, die Beine ausgestreckt.

»Reiß dich am Riemen.« Öllichs Stimme kam von ganz fern, dünn, als spräche er durch eine Telefonleitung.

»Laß ihn angreifen. Und dann Leber, Leber...«

Er fühlte, wie die Schwäche ihm die Beine hinaufkroch, sich im Bauch, in der Brust ausdehnte wie ein gefährliches Gas.

Zwei Jahre lang hatte er hingehalten. Als Bubi-Scholz-Ersatz mit Müller gesparrt. Immer wieder. Weit wichtiger als die anderen Sparringspartner war er gewesen, als Quatuor, Höhmann, Langer, als Sobero. Und dann das! Vergaßen ihn glatt. Ließen ihn hängen, hungern, ohne Geld. Geld! Keine müde Mark bekam er für die Arbeit im Trainingslager. Statt ihm Geld zu geben, besorgte Thelen ihm Kämpfe im Rahmenprogramm. 500 Mark pro Kampf. Läppische 500 Mark. Und nur 7 Profikämpfe in den zwei Jahren. Er hätte besser aufgehört mit dem Boxen, damals, wie er es eigentlich vorhatte. 200 Amateurkämpfe waren genug, hatte er damals gedacht. Schließlich war er schon 26 und es gab genug Jüngere, die heiß auf ihn waren, manche von ihnen schneller als er. Er wollte nicht verprügelt werden. Aber Louis Goldschmitt hatte ihm dann den ersten Profikampf besorgt, und den hatte er glänzend absolviert, Punktsieg gegen Schilka im Eisstadion. Ein paar Mark nebenbei und schließlich ist Boxen ja etwas, was ich kann!

Heinze hatte die Schwäche des anderen gewittert. Er griff jetzt pausenlos an. Pipela ließ ihn auf die Deckung schlagen, blockte ab, und wenn ihm der andere zu nahe kam, schlug er seine Haken gegen dessen Körper. Die Kraft für einen Gegenangriff fehlte. Aber sein Kopf war jetzt vollkommen klar. Er beobachtete Heinze, sah jeden Schlag, fast bevor der andere dazu ansetzte, wich aus, duckte, konterte, wann immer sich eine Möglichkeit bot. Er hielt mit. Gerade so.

»Ran! Ran!« schrie Öllich. »Greif an!«

Er schrie es in den Gong hinein. Öllich bearbeitete ihn nach allen Regeln der Sekundantenkunst. Schwamm, Wasser, Handtuch, Riechöl, bearbeitete ihn mit Worten. Pipela hörte kaum hin. Er meinte, seine vor ihm ausgestreckten Beine zittern zu sehen, setzte sich auf, stemmte die Beine auf die Ringmatte, so fest er konnte. Sie zitterten nicht. Er ließ die Arme herunterhängen, schüttelte sie aus, machte sie ganz lang, entspannen, entspannen.

Beim Gong zur dritten Runde war er schon in der Ringmitte, fiel in Heinze hinein wie eine Sturmböe, war an seinem Körper, der andere hatte keine Zeit gehabt, ihn sich vom Leibe zu halten, Pipela schlug einen rechten, einen linken Haken gegen den Bauch des Gegners, erstklassige Wirkungstreffer, er spürte geradezu, wie er dem anderen die Luft aus den Lungen schlug, dann war er zu nahe an ihm, um noch einen wirkungsvollen Hebel zu haben. Klammern. Nierenschläge. Trennen. »Box!« Heinze ließ sich die beiden Treffer nicht anmerken, aber er wurde vorsichtiger, abwartend, tendelte, fintierte. Pipela war hellwach. Die Füße zwar flach auf dem Boden – Beinarbeit war nie seine

Stärke gewesen – pendelte er die Schläge des anderen mit dem Oberkörper aus, ging jetzt nach vorn, suchte Chancen und fand sie. Ein zweites Mal gelang ihm ein Durchbruch, er bezahlte ihn mit einem Kopftreffer, war dann aber wieder am Körper des anderen. Gerade Rechte, dem folgenden linken Haken wich Heinze aus.

»Dranbleiben! Dranbleiben!« Öllichs Stimme. Heinze, zum Seil hin abgedreht, konterte den linken Haken Pipelas mit einem Cross zum Kopf, links, dann rechts. Hals, Augenbraue, erst dann bekam Pipela die Deckung wieder nach oben, Reflexe, der Schlag an den Hals hatte es ihm schwarz vor den Augen werden lassen, für einen Moment sah er den anderen nicht mehr, spürte nur noch ein Trommelfeuer auf seine Fäuste vor dem Gesicht. Gong. Er fand kaum noch seine Ecke. Öllich bearbeitete ihn, flüsterte ihm Anweisungen zu. Doch sein Kopf dröhnte, und, das war das erste Mal, daß ihm das im Ring widerfuhr, er wollte weg hier, raus aus dem Sportpalast, aus Berlin, wollte nach Hause. Nie mehr boxen! Es war klar, so kann man nicht siegen. Anderthalb Minuten später, zu Beginn der vierten Runde, warf Öllich das Handtuch.

An diesem Abend hatte nicht nur Pipela seinen Kampf verloren. Schmachvoll war auch der Hauptkämpfer, Peter Müller, untergegangen. Seine Fäuste hatten wie Windmühlenflügel durch die Luft gewirbelt, eine Runde lang, aber sie hatten nur Wind gemacht. Scholz plazierte in der zweiten Runde einen trockenen Knockout und die Windmühlenflügel lagen platt auf der Ringmatte wie zwei alte Pommes Frittes.

Entsprechend gedrückt war die Stimmung, als man sich später zum Abendessen ins *Roxy* begab. Jeder starrte vor sich aufs Tischtuch. Öllich, der Trainer, Thelen, der Manager, Pipela und Müller, die beiden geschlagenen Boxer. Nur Gretchen, Müllers Frau, schien nicht an dieser Katastrophe teilgenommen zu haben. Nicht, daß sie strahlte. Aber irgendein verborgenes, inneres Glück glänzte in ihren Augen. Müller beobachtete sie mißtrauisch. Das war ihr Pech. Sie konnte sich nicht genug verstellen. Und so kam es raus. Als sie in ihrer Handtasche nach Zigaretten suchte, suchten Müllers Augen mit. Und dann, schneller, als sie im Ring je gewesen war, stieß seine Rechte vor. Sie brachte

eine dicke Rolle Geldscheine aus Gretchens Handtasche hervor und hielt sie zitternd in die rauchige Luft des *Roxy*. Seine Stimme war ein zischendes, heiseres Bellen: »Wo haste das her?«

Das Tragische an diesem Abend lag für Pipela darin, daß es wieder nichts zu Essen gab. Es gab den Ärger mit Gretchen, Schimpf-Kanonaden, Wutausbrüche, Theater, nur kein Essen. Wie hätte Müller auch nur einen Bissen herunterkriegen können, nachdem er erfahren mußte, daß seine eigene Frau auf Scholz gewettet und gewonnen hatte!

Pipela verließ die streitende Truppe und verzehrte in einer Frittenbude auf der Kantstraße einsam eine Portion Gulasch. Immer dieses Theater mit Müller! Pipela war es leid. Noch kurz bevor sie nach Berlin gefahren waren, hatte es im Obernauer Trainingslager auch einen solchen Aufstand gegeben. Jäcki Sobero, ein farbiger Sparringspartner Müllers, hatte es gewagt, nach dem Training vor dem Meister in die Badewanne zu steigen. Jäcki hatte Müller im Training wohl weh getan. Denn als der die von Sobero hinterlassene Seifenschicht auf seinem Badewasser sah, veranstaltete er einen hysterischen Tanz um den »drekkigen Negerschweiß«, und Sobero zog es vor, sofort und für immer das Müllersche Traingslager zu verlassen.

Pipela kippte eine Cola auf den Gulasch und ging schlafen. Am nächsten Morgen reisten sie gemeinsam ab. In Helmstedt machten sie Rast. Es wurde gegessen. Endlich ein richtiges Essen! Das erste seit vier Tagen. Und es wurde abgerechnet. Thelen zahlte Pipela die vereinbarten 500 Mark für den Kampf gegen Heinze.

»Da komm ich nicht mit aus«, sagte Pipela.

»Das war so ausgemacht.«

»Da geht es nicht drum.«

»Sondern?«

»Ich hatte jede Menge Ausgaben. War zwei Monate nicht zu Hause, im Trainingslager, unterwegs.«

»Weiter!«

»Nix weiter. Wenn ich nach Hause komme, muß ich 'ne Menge bezahlen...«

»Okay, hier sind noch mal tausend. Erst mal geliehen. Und nächste

Woche treffen wir uns in Zollstock bei mir im Gemüseladen und dann wird abgerechnet.«

Pipela nahm die tausend, steckte sie ein. Er kam nie in den Gemüseladen nach Zollstock.

Er wendet die Koteletts, dreht das Gas unter den Kartoffeln eine Stufe niedriger, schaut auf die Uhr. Die Stieftochter, für die er jeden Mittag kocht und die ihm dafür die Wäsche macht, müßte schon seit zehn Minuten hier sein. Fett zischelt aus dem Fleisch in der Pfanne. Der Kanarienvogel am Fenster versucht zaghaft Bruchstücke einer Melodie, bricht ab und hüpft im Käfig auf und ab. Pipela marschiert durch die Küche. Eine ordentliche, saubere Küche. Linoleumboden. Zwischen dem Küchenweiß bunte Kleinigkeiten, liebevoll gesammelter Kitsch: ein Wandspruch auf Holzteller, ein Bauernkalender, auf ein Küchentuch gedruckt. Überbleibsel einer Ehe, die vor ein paar Jahren geschieden wurde. Die zwei erwachsenen Söhne sind aus dem Haus. Er lebt alleine jetzt in der Deutzer Wohnung.

Seine Frau hatte er ein, zwei Jahre nach dem Kampf gegen Heinze kennengelernt. Ihretwegen gab er damals seinen Job auf. Sie war entsetzt, als sie sah, was er machte. Wie viele Ex-Boxer, wie auch der große Dübbers Männ, Europameister von 1927, der zuerst das *St. Pauli* auf dem Eigelstein und dann bis in die 70er Jahre hinein das *Moulin Rouge* auf der Maastrichter Straße bewachte, war auch Pipela Türsteher geworden. Sein Revier war zuletzt Heini Nettersheims *Parisiana* am Sudermannplatz. Schon vorher hatte er, noch in seiner aktiven Zeit, für den berühmten Ringer und Kneipenbesitzer Nettersheim gearbeitet. Als Kellner und dann als Türsteher im *Tabaris* auf der Severinsstraße, wo gegenüber in der *Bierbar* damals Schäfers Nas der gleichen Beschäftigung nachging.

Dieser Beruf sei aber keine Grundlage für eine Ehe, hatte seine zukünftige Frau nach einer Samstagnacht im *Parisiana* gemeint. Drei, vier Mal hatte Pipela hinlangen müssen, als Kerle, die er nicht reinlassen wollte, sich mit Gewalt Zutritt in den Laden verschaffen wollten. Kein Wunder, bei einem so kleinen Türsteher.

»Geh mal zur Seite, Kleiner«, hatte ein baumlanger Typ über ihn

hinweggeröhrt und ihm dabei die Tür vor die Nase gestoßen. Als der Lange ein paar Augenblicke später auf den Bürgersteig des Sudermannplatz knallte, schlug er im Fall mit dem Kopf gegen die Rinnsteinkante. Aus einer Platzwunde an der Schläfe lief das Blut in Strömen. Auch Pipela durchfuhr ein gewaltiger Schreck. Nachdem der Lange sich mit blutender Wunde und einem blauem Auge wieder davongemacht hatte, gab er seiner Braut recht. So was war wirklich keine Grundlage für eine Ehe. Er wurde Taxifahrer. Das ist er heute noch.

Die Stieftochter ist doch noch gekommen, mit einer Viertelstunde Verspätung.

»Jetzt sind die Koteletts trocken!«

Schweigend essen sie. Pipela ist ein Pünktlichkeitsfanatiker. Nach dem Essen geht er in sein Arbeitszimmer, in dem schläft er auch. Das Ehebett im Schlafzimmer benutzt er schon lange nicht mehr, im Schlafzimmer hängt jetzt Wäsche zum Trocknen: die Trikots der Jugendstaffel des BC Westen. Auch das Arbeitszimmer ist gefüllt mit Vereinskram: Pokale, Aktenordner, Boxhandschuhe. Pipela ist Zweiter Vorsitzender. Der »Mann im Hintergrund«, wie er selbst sagt. Er sucht ein paar Schriftstücke zusammen, steckt sie in eine Aktentasche. Heute abend, nach der Tagschicht auf der Taxe, ist Vorstandssitzung. Und nach der Vorstandssitzung wird er vielleicht noch auf eine Stunde in der *Bar Incognito* sitzen. Alleine, wie immer. Ein, zwei Kaffee trinken und den Mädchen einen ausgeben.

Banane in der Falle

Stets denke man: Besser allein als unter Verrätern!

Arthur Schopenhauer

Aus dem Eduscho zieht ein feiner, kaum spürbarer Duft von frisch aufgebrühtem Kaffee den Eigelstein hinunter. Vermischt sich mit den Abgasen der Lieferfahrzeuge, die, Türen aufgeklappt und mit laufendem Motor an den Straßenrändern stehen. Erste Einkäufer, Hausfrauen, Bummler zwischen eiligen Aktentaschenträgern, die zu spät ins Büro kommen. Halb neun. Ein klarer Morgen voller Geschäftigkeit, der einen optimistisch stimmen könnte. Doch Banane wird von seiner Vergangenheit eingeholt. Der Tag ist versaut.

Er will gerade ins Eduscho, da trifft er den alten Veteranen mit seinem Hund.

»Ach, du lebst auch noch?«

»Stell dir vor! Und mir geht es gut!«

»Und was macht der Hund?«

»Ach, der ist ja steinalt. Der kriegt einmal in der Woche en Vitaminspritz, dann geht et wieder.«

»Mein Hund ist ja tot mittlerweile. Altersschwäche«, sagt Banane.

Alte Männer, alte Hunde. Ein anderer Veteran kommt dazu, Brötchentüte in der Hand. Banane kennt ihn nur vom Sehen.

»Ich muß weiter«, sagt Banane. »Kaffee, damit die Pump in Gang kommt.« Geht aufs Eduscho zu, und da passiert es. Er hört im Weggehen noch die beiden Veteranen:

»Wer war dat dann?«

»Ach, den kennste nit? Dat war der Banane, der V–Mann.«

Das fährt ihm wie ein vergifteter Degen von hinten zwischen die Schulterblätter. Geht ihm runter bis zwischen die Beine. Augenblicklich Prostataschmerzen. Hört das denn nie auf? »Banane der V–Mann«! Kriegt er den verdammten Ruf, ein Verräter, ein Zinker zu sein, das gemeinste, was man sich überhaupt vorstellen kann, denn nie los? Es ist zum Kotzen und der Kaffee schmeckt nach so was schon gar nicht. Ein versauter Tag! Und dabei ist die Geschichte in Wahrheit doch ganz anders gelaufen!

Der *Schlauch* auf der Friesenstraße war tatsächlich eng wie ein Schlauch. Rechts die Theke, davor eine Reihe Barhocker, und wenn die besetzt waren, hatte man Mühe sich daran vorbeizuquetschen, um nach hinten zum Klo zu kommen. Die Beleuchtung unterstützte den Eindruck, als bewege man sich durch ein Kanalisationsrohr. Über der Theke ein paar schwarze Hängelampen, die im Abstand von anderthalb Metern gelbe Lichtkreise auf das Mahagoni warfen. Der Rest, die Decke, der Boden und der hintere Teil des Ladens, blieben im Dunkeln.

Entsprechend war die Zusammensetzung der Kundschaft. Männer, die etwas miteinander zu besprechen hatten. Hier ging keiner hin, um sich zu amüsieren.

Es war Mittwoch, nachts um drei. Der *Schlauch* war leer. Banane begann, die Zapfhähne abzuschrauben und die Theke zu scheuern. Dann ging doch noch mal die Tür auf. Ed und Jupp. Sahen aus, als wenn sie gerade von der Arbeit kämen.

»Kölsch«, sagte Ed.

»Ich hab' schon saubergemacht. Könnt Pils aus der Flasche haben«, sagte Banane.

Die beiden tranken schweigend. Jupp zündete sich die Zigarette an einer noch glühenden Kippe an. Kettenraucher. Banane räumte weiter die Theke auf, hob die Bleche aus ihren Leisten und stellte sie hochkant gegen den Tresen. Sollte die Putzfrau morgen früh scheuern. Dann schepperte eine Münze vor ihm über die Theke, kullerte in seine Richtung. Gold. Ed hatte sie aus der Tasche gezogen. Banane galt als Goldfachmann. Hielt in seiner Arbeit inne, griff nach der Münze, prüfte sie.

»Wat ist die dir wert?«, fragte Ed.

Banane hob die Schultern. Ed kramte in der Tasche seiner Lederjakke, brachte fünf weitere Goldmünzen zum Vorschein, legte sie vor Banane auf den Tresen, eine neben die andere.

»Die sind echt«, sagte Jupp durch eine Qualmwolke hindurch.

»Dat seh ich, bin ja nicht blind.«

»Drei Scheine, sind sie dir.«

»Dat ist ein Ländchen!« sagte Jupp.

»Ist gut. Morgen bring ich dem Ed das Geld vorbei.«

Als Banane am nächsten Mittag in den Zülpicher Wall einbog, um zu Ed zu gehen, wußte er, was los war. Die sechs Goldmünzen waren so etwas wie ein Vorabgeschäft zu Vorzugsbedingungen. Eine Art Köder. Dahinter steckte mehr. Ed und Jupp waren ein professionelles Einbrecher–Duo, zwei klassische Schränker, und er, Banane, galt immer noch als eine erstklassige Hehleradresse, obwohl sein letzter großer Coup an die zehn Jahre zurücklag. Da hatten sie ihn erwischt. Seitdem stand er unter Bewährung, vermittelte eigentlich nur noch hier und da. Hatte es auch nicht nötig, sich auf größere und riskante Geschäfte einzulassen. Er kellnerte. Das und ein paar unverfängliche kleine Geschäfte nebenbei brachten genug ein. Zumindest im Augenblick.

Im Treppenhaus auf dem Zülpicher Wall roch es nach Verfall. Die Wände waren feucht, der Putz war plackenweise abgeplatzt, Mauerwerk und Rohrleitungen wurden darunter sichtbar. Auch von den hölzernen Treppenstufen war die Farbe bis auf ein paar Reste in den Ecken ab. Das Holz mürbe und rissig. Eds Wohnung war ein Loch, in einem noch verrotteteren Zustand als das Treppenhaus. Löchrige Decken statt Gardinen verdunkelten die Fenster; die Tapeten an den Decken wölbten sich, ganze Streifen hingen herab oder fehlten, ließen porösen Putz frei. Banane ekelte sich. Er hielt viel darauf, daß eine Wohnung »proper« auszusehen hatte. Ed kam gleich zur Sache, knotete auf einem Tisch einen kleinen Leinensack auf, ein Haufen Schmuck kam zum Vorschein, Ringe, Armbänder, Halsketten, Ohrringe.

»Das haben Jupp und ich gestern...«

Weiter kam er nicht.

»Hör op! Dat will ich gar nicht wissen!«

Banane war vorsichtig geworden, seitdem er unter Bewährung stand.

»Wo krieg ich das abgeschlagen, ich meine zu einem vernünftigen Preis?«

»Wieso kommst du damit zu mir?«

»Unser Hehler sitzt seit letzter Woche in der Blech. Die anderen, die wir kennen, zahlen zu wenig.«

Banane griff in den Schmuck, ließ ein paar Stücke einzeln durch die Finger wandern.

»Da gibt's nur eins«, sagte er schließlich.

»Und?«

»Brüssel.«

»Brüssel?«

»Ja. Da hab ich ne erstklassige Adresse.«

»Brüssel. Und wie komm ich dahin?«

»Ist das mein Problem?«

Ed zögerte. Schaute auf die Sore, dann zu Banane hinüber.

»Wat kriegste dafür?«

»Wofür?«

»Daß du die Sachen in Belgien verkaufst?«

Bananes Finger kneteten weiter im Schmuck. Er ließ den anderen ein bißchen zappeln. Wußte jetzt, daß der in der Luft hing. Dann sagte er mit ruhiger Stimme:

»Zwei Mill.«

Ed sah ihn scharf an. Überlegte. Zweitausend, nur für einen Vermittlerdienst?

»Gut«, sagte Ed.»Dafür fährst du mich aber nach Brüssel.«

»In Ordnung«, sagte Banane.

»Such dir statt der zwei Mill was aus von der Ware hier«, sagte Ed und deutete auf den Tisch.

Bananes Finger stocherten im Schmuck. Er nickte.

Im Hinterhof des Hauses im Stavenhof, in dem Banane mit seiner Frau auf der ersten Etage wohnte, gab es tatsächlich einen kleinen Garten. Im Schatten von drei hohen Ziegelmauern versuchte ein mannsgroßer Holunderstrauch in der einen Ecke, ein paar grüne Blätter an seinen vertrockneten Ästen zu behalten. In der anderen Ecke hatte jemand einmal ein Rosenbeet angelegt. Zwei oder drei Rosensträucher hatten zwischen Gras, Brennesseln und Hahnenfuß überlebt, streckten absurd lange, verholzte Triebe gegen die Mauer. Von Blüten keine Spur. Banane grub mit den Händen eine Grasnarbe aus, legte sie zur Seite, buddelte das freigewordene Loch tiefer und legte dann auf dessen Grund die drei in Ölpapier verpackten Ringe, seine Provision. Dann wieder Erde darüber, die Grasnarbe; vorsichtig drückte er sie an ihrem alten Platz fest. Die sechs Goldmünzen, für die er Ed dreihundert Mark gegeben hatte, versteckte er ebenfalls in Ölpapier gewickelt im Keller unter den Briketts.

Zwei Tage später fuhren Banane und Ed nach Belgien. Ed hatte keinen Führerschein. Banane fuhr; er hatte sich für die Fahrt einen VW Käfer geliehen. Die Sore lag fein säuberlich in Butterbrotpapier eingepackt im hinteren Gepäckfach des Autos, versteckt zwischen Eßbesteck, Plastiktassen, belegten Brötchen in einem Campingbeutel. An der Grenzstation in Aachen reichte Banane dem Zöllner seinen und Eds Ausweis. Der Zöllner klappte die Ausweise auf, schaute auf die Fotos, dann bückte er sich, sah den beiden in die Gesichter. Klappte die Ausweise wieder zu. Er ging zurück in sein Häuschen. Kurz darauf kam er mit einem zweiten Beamten wieder heraus.

Es war wegen Ed. Ed stand in der Fahndungsliste. Hatte dem Zöllner den Ausweis seines Bruders gezeigt. Das kam jetzt raus. Ed und zwei Uniformierte palaverten draußen vor dem VW. Banane blieb hinter dem Steuerrad, schaute desinteressiert geradeaus. Doch ihm rann der Schweiß von der Kopfhaut den Nacken hinunter, sein Rücken war naß, das Hemd klebte daran. Ein dritter Zöllner umschritt gemächlich den VW, blickte von allen Seiten immer wieder hinein, brachte dabei seine Augen ganz nahe an die Scheiben, das Gesicht mit einer Hand dabei beschattend, um nicht von Reflexen behindert zu werden. Banane blieb stocksteif und klatschnaß auf seinem Sitz. Scheibe hochgekurbelt. Scheißdreck! Wenn sie die Ware im Wagen finden, ist er dran. Dann schieben sie ihm womöglich auch noch den Einbruch in die Schuhe. Mindestens aber Hehlerei. Der Schweiß ist an der Unterhose angelangt, rinnt problemlos unterm Gummiband durch, sickert über seinen Hintern. Einer der Zöllner, der mit Ed verhandelt hat, klopft ans Wagenfenster. Banane wird es mit einem Schlag übel. Er könnte kotzen. Wird kreidebleich. Dann dreht er das Fenster runter.

»Ihren Freund müssen wir hierbehalten. Der wird gesucht. Wir haben die Kripo verständigt.«

»Und ich?«

»Sie? Sie können fahren. Nach Belgien, wenn Sie noch wollen.« Der Zöllner grinst. Banane drehte den Zündschlüssel um, startete und fuhr. Natürlich fuhr er nicht nach Belgien, sondern zurück, nach Köln. Legte sich ins Bett, immer noch zitternd vor Furcht, kurz vor einem Nervenzusammenbruch. Seine Frau mußte ihm Wärmflaschen ans Fußende legen und Beruhigungstees kochen. Dann zog Banane die Bettdecke über den Kopf und schlief, den Nachmittag, den Abend, die Nacht und die Hälfte des nächsten Tages.

Nach dem Mittagessen schwor er sich, nie mehr in ein solches Geschäft einzusteigen. Für ein paar Mark Kopf und Kragen zu riskieren. Hatte er das nötig? Nein. Schluß! Die Ware versteckte er neben seinen drei Ringen unter den Briketts. Ein paar Tage später kam Ed. Jemand hatte Kaution für ihn gestellt und er war wieder frei. Banane gab ihm die Ware.

»Da! Haste den Driss zurück. Will ich nix mehr mit zu tun haben!«

Danach ging das Leben weiter. So, als wäre der Zwischenfall an der belgischen Grenze nie geschehen. Banane vergaß ihn fast. Stand abends im *Schlauch*, zapfte Bier, bediente. Ed und Jupp ließen sich nicht mehr blicken. Es schien Gras über die Sache zu wachsen.

Zwei, vielleicht zweieinhalb Wochen waren vergangen. Als Banane abends in den *Schlauch* kam, sah er sofort, was los war. Es war erst sieben. Normalerweise kein Betrieb im *Schlauch*. Der fing frühestens um neun an. Und den beiden, die jetzt am Tresen saßen, konnte man sofort ansehen, daß sie nicht zum Stammpublikum gehörten. Bullen haben eine besondere Ausstrahlung. Ganz unabhängig davon, wie sie aussehen und in welchen Kleidern sie herumlaufen. Banane jedenfalls konnte einen Bullen gleichsam am Geruch erkennen. Und die zwei hier rochen verdammt nach Bullen.

»Ist das ne Hitze hier!«, sagte Banane, die Tür noch in der Hand.

Einer der beiden drehte sich um, sah zu Banane hinüber. Er schien ihn gleich erkannt zu haben. Blieb sitzen. Gelassen, fast gelangweilt räkelte er sich auf seinem Barhocker. Vielleicht waren sie doch nicht wegen dem Ding von neulich hier? Er ließ die Türklinke los, die Tür zurückpendeln, wollte an den beiden vorbei.

»Ja,« sagte der, der sich umgedreht hatte, »heiß hier. Aber wenn man ne Lampe für vierzig Mill am brennen hat, Banane, dann wird es schon mal heiß.«

»Vierzig Mille?« Banane saß ein Frosch im Hals.

»Vierzig Mille. Eine rauf oder runter. Spielt keine große Rolle.«

»Und wer soll die Lampe am brennen haben?«

»Ganz einfach.« sagte der Bulle. »Du!«

Banane mußte sich am Barhocker festhalten. Setzte sich schließlich drauf.

»Ich? Dat ist doch wohl ein Irrtum, Herr Hauptkommissar!«

Der schwieg.

»Soviel Schmalz hab ich noch nie in meinem Leben gesehen. Und wenn, würd ich dann in so einem Scheißladen wie hier den Kellner machen?«

»Geht nicht um Geld, Banane.«

»Na, also.«

»Schmuck.«

»Schmuck? Ich bin doch keine Tunte. Wat hab ich mit Schmuck am Hut?«

»Einbruch, Banane. Du kennst doch sicher den Juwelier auf der Breite Straße. Eschweiler?«

Banane stierte den andern an. Die Angst von vorhin wandelte sich allmählich in Wut, Aggressivität um. Die Arschlöcher wollten ihm was in die Schuhe schieben.

»Könnt ihr euch abschminken. So Dinger hab ich noch nie gemacht.«

»Geht auch gar nicht um den Einbruch«, sagte der Bulle. Ließ sich partout nicht aus der Ruhe bringen. Dafür schien jetzt der andere aufzuwachen. Streckte sich auf seinem Barhocker, gähnte, streckte sich nochmal, die Arme rechts und links ausgestreckt.

»Hehlerei, Banane«, sagte er. »Und jetzt ab zum Revier!«

Als sie am Waidmarkt ankamen, war es Freitag abends um neun Uhr. Die Sitzung dauerte bis Samstagsmittag um zwei. In der Zwischenzeit stellte Banane seine hohe Kunst der Verstellung unter Beweis. Er war das, was man in der Fauna als den Typus des Fluchttieres bezeichnet. Er konnte eine Gefahr erspüren, ohne daß es schon das geringste sichtbare Anzeichen für ihr Heraufziehen gegeben hätte. Furchtsam dabei bis zum Herzinfarkt, nach allen Himmelsrichtungen äugend und Witterung aufnehmend. Kam dann die Gefahr wirklich auf ihn zu, verschwand Banane. Blitzschnell und ohne die kleinste Spur zu hinterlassen. Harrte irgendwo in einem Versteck aus. »Ducken« sagt man in der Jägersprache für das Verhalten beim Hasen, der in der Deckung hockt und wartet, bis die Gefahr vorüber ist. Oder er flieht. Doch gerät der Hase in Gefangenschaft, verteidigt er sich mit Todesmut. So auch Banane. Einmal auf dem Revier, einmal in der Falle, fiel alle Ängstlichkeit von ihm ab und er verteidigte sich mit Zähnen und Klauen. Er log das Blaue vom Himmel herunter. Leugnete schlichtweg alles, was die Bullen ihm zu unterstellen suchten. Und Banane kannte die Tricks der Bullen. Wußte, wie sie versuchten, einen mürbe zu machen. Verzichtete auf jede angebotene Zigarette, jeden Kaffee, jedes Bier, das sie ihm bringen wollten oder auf den Tisch stellten. Samstagsmittags gaben sie es auf. Der Bulle zerknüllte eine leere Zigarettenschachtel, drehte das Knäuel in seiner Faust, warf es schließlich auf den Schreibtisch.

»Das hat keinen Zweck so, Banane.«

»Hat es auch nicht. Ich bin nämlich unschuldig, Herr Hauptkommissar.«

Der Bulle ging zum Telefon, hob den Hörer ab, wählte drei Nummern, wartete und sagte dann in die Muschel:

»Bringt ihn rauf!«

Das saß. Banane erstarrte. Eine neue, noch unbekannte Gefahr zog heran. Er schielte nach der frischen Packung HB, die der Bulle aus der Tasche seiner Jacke fischte, beobachtete, wie er sie aufriß, eine Kippe herausfingerte und sie sich gelassen ansteckte, während dabei sein Blick zu Banane hinüber wanderte. Banane sah zu Boden. Dann ging die Tür auf. Sie brachten Jupp herein. Dem stand der Verrat ins Gesicht geschrieben. Als er Banane sah, änderte sich sein Gesichtsausdruck, er versuchte, trotzig, wütend zu wirken.

»Da ist ja die Sau!«

Tat so, als wolle er auf Banane losgehen. Der rührte sich nicht. Wurde hart, kalt.

»Halten Sie mir bitte den Verbrecher vom Leib, Herr Hauptkommissar!«

»Ziehen Sie hier keine Schau ab. Wiederholen Sie mal eben, was Sie heute Nacht dem Kollegen erzählt haben«, sagte der Bulle zu Jupp.

Der tat so, als beachte er den Bullen gar nicht, baute sich weiter vor Banane auf, den Wütenden, Enttäuschten markierend.

»Gib's doch zu!« Sein Finger stocherte in Bananes Richtung. »Gib's doch zu, du Drecksack! Du wolltest mit dem Ed in Belgien die Ware verscheuern, und ich wär draußen gewesen! Da habt ihr euch verkalkuliert. Ganz so blöd bin ich auch nicht!«

Banane stierte den anderen an, war bleich geworden. Wieder in der Falle. Der eben erwachte Appetit auf eine Kippe und Kaffee erlosch.

»Das reicht«, sagte der Bulle.

Jupp wurde wieder in den Keller gebracht.

»Und jetzt? Was sagen Sie jetzt?«

»Wat soll ich denn da sagen?« antwortete Banane.

»Ich weiß nicht, wovon der Blödmann spricht.«

»Ich krieg dich noch an den Arsch, Banane«, sagte der Bulle. »Wart's nur ab.«

»Ich bin mal gespannt«, sagte Banane. »Vorher können Sie mir aber noch verraten, was euch das Geständnis von dem gekostet hat.«

»Das war billig.« Der Bulle steckte sich eine neue HB an.

»Fünf Zigaretten und zwei Flaschen Bier. Dann hat der gesungen wie eine Amsel im Mai.«

Banane nickte.

Bis zum Sonntagnachmittag behielten sie Banane in U–Haft. Dann wurde er entlassen, weil er festen Wohnsitz und Arbeit hatte. Den Nachmittag verbrachte er am Telefon. Mußte rauskriegen, wer sie verpfiffen hatte. Ed war untergetaucht, nirgends eine Spur von ihm. Hatten sie Jupp bei einem anderen, einem neuen Ding erwischt? Und hatte er dann in einem Aufwasch den Juwelier-Einbruch mitgebeichtet? Unwahrscheinlich. Erstens machen Ed und Jupp nach so einem Bruch wie bei Eschweiler, immerhin vierzig Mille, zuerst mal Pause. Und falls sie ihn doch bei irgendetwas anderem geschnappt hatten, weshalb sollte er dann den ersten Einbruch gestehen? Bananes Zeigefinger wurde wund vom Betätigen der Drehscheibe. Er zapfte jede nur mögliche Quelle an, nichts! Die meisten wußten noch nicht einmal, daß Jupp saß, daß der Eschweiler–Bruch also aufgeflogen war. Trotzdem wurde es eng. Denn Banane war von dem Zeitpunkt an, als er den Waidmarkt verlassen hatte, klar gewesen, welche Suppen jetzt in der Gerüchteküche der Unterwelt zu kochen begannen. Der Eschweiler-Bruch aufgeflogen, Ed untergetaucht, Jupp in U–Haft, Banane nach kurzem Verhör auf freiem Fuß. Da konnte doch jeder dran fühlen! Der Banane war doch als Hehler an dem Ding beteiligt. Der war doch der einzige, der davon wußte. Banane gab dem Telefon einen Tritt und warf sich aufs Sofa. Am liebsten hätte er geheult.

Bis zum Prozeß kam er nicht dahinter, wer die Sache ins Rollen gebracht, den Bruch verzinkt hatte. Als er es raus hatte, war es schon

zu spät. Da klebte ihm selbst schon der Ruf an, ein Zinker, ein Verräter zu sein.

Auf den, der sie tatsächlich verraten hatte, fiel der Schatten nie. Kurz vor dem Prozeß steckte einer der Bullen Banane die Information: Ein kleiner Stenz, der Wind von dem Ding gekriegt hatte, kaufte sich mit seinem Tip von einer Anklage wegen Zuhälterei frei. Tauchte anschließend unter, wurde nie mehr in Köln gesehen.

Banane aber blieb. Die erste Riege der Unterwelt saß auf den Zuschauerbänken, als der Einbruch und Bananes Versuch, die Ware zu verscherbeln, zur Verhandlung kam. Sie alle wollten natürlich wissen, wie das vor sich gegangen war. Denn, daß da Verrat im Spiel war, schien klar. Und daß Jupp und Ed sich nicht selbst ans Messer geliefert haben konnten, war auch klar. Alle Blicke richteten sich auf Banane. Der sah nunmehr, anwaltlich beraten, im Angriff die beste Verteidigung. Er rückte mit der Wahrheit raus. Gestand, die sechs Goldmünzen gekauft, gestand, mit Ed und der Sore zur belgischen Grenze gefahren zu sein, um den Verkauf des Zeugs in Belgien zu vermitteln, gestand, dafür von Ed drei Ringe als Provision bekommen zu haben.

Als der Prozeß zu Ende ging und der Richter die Urteile verlas, wurde Banane um einige grundsätzliche Erfahrungen reicher. Zum einen die, daß es sich nicht lohnt, die Wahrheit zu sagen. Das hätte er eigentlich schon vorher wissen müssen. Ed, den die Bullen inzwischen geschnappt hatten, bekam drei, Jupp zweieinhalb Jahre und Banane, der nun wirklich so gut wie unschuldig war, auch zweieinhalb Jahre. Damit nicht genug. Es stellte sich heraus, daß die beiden Schränker ihn schon mit den Goldmünzen aufs Kreuz gelegt hatten. Die waren pro Stück nur zweiunddreißig Mark wert, und er hatte ihnen fünfzig gegeben! Banane schäumte angesichts dieser Häufung von abgrundtiefen Ungerechtigkeiten. Es war diese Wut, die ihn zu dem verleitete, was er dann tat. Hätte er das Urteil hingenommen, die Blech abgemacht, er wäre reingewaschen gewesen, befreit vom Verdacht, ein Verräter zu sein, mit den Bullen unter einer Decke zu stecken. Aber das, was er jetzt tat, sollte seinen Ruf als V–Mann erst recht begründen und auf alle Zeiten zementieren. Banane floh. Der Richter blätterte noch im Urteil, da war Banane schon aus dem Saal, raste die Treppen

144

des Amtsgerichts herunter und verschwand. Danach gelang es ihm, sein Verfahren, abgetrennt von dem gegen Jupp und Ed, noch einmal aufzurollen, ein neues Urteil zu erwirken, eines, das seine bis auf wenige Tage abgelaufene zehnjährige Bewährung mit in Rechnung stellte. So, daß er am Ende mit anderthalb Jahren wieder auf Bewährung ausgesetzt davonkam. In den Augen der anderen war das natürlich nicht mit rechten Dingen zugegangen. Ein solches Urteil, das konnte nichts anderes bedeuten als den Lohn für V–Mann–Dienste.

Nach der Begegnung mit den beiden Veteranen ist Banane die V–Mann–Geschichte den ganzen Morgen lang nicht aus dem Kopf gegangen. Lief rum wie Falschgeld. Immer wieder zogen in seiner Erinnerung dieselben Szenen auf: die Nacht im *Schlauch*, in der er auf die Münzen hereinfiel, das Verhör, der Prozeß, die Demütigung, als die Bullen mit ihm in den Hinterhof gingen und er die Münzen ausgraben mußte, und dann noch in den Kohlenkeller. Was wäre sein Leben gewesen, wenn dieser Ruf nicht an ihm geklebt hätte wie käsiger Schweißfußgeruch! Wenn er nicht dreißig Jahre lang immer und immer wieder diesen lauernden, mißtrauischen Blicken begegnet wäre, wenn er nicht hunderte von Malen hätte mit anschauen müssen, wie ihm die schönsten Geschäfte durch die Lappen gingen, nur, weil dieses Gerücht sich so hartnäckig hielt! Er tigert durch die Stadt, den Blick aufs Pflaster vor seinen Füßen gerichtet. Nichts kriegt er mit von dem klaren, sonnigen Morgen. Schließlich kommt er eine halbe Stunde zu spät zum Mittagsskat in seine Stammkneipe am Steinfelder Platz. Die anderen stehen schon am Tisch, grinsen, machen Witze, die falschen Witze. Ausgerechnet diese dämlichen, abgelutschten V–Mann–Witze. Banane kriegt ganz enge Augen. Wie ein Kälberstrick drückt sich die Zornesader aus seiner Stirn heraus, dunkelblau. Sieht so aus, als wenn er mit sechsundsechzig noch mal zulangen wollte. Überläßt das dann aber doch seinem Mundwerk, seit seinen Obstverkäufer–Zeiten hat zumindest das nichts an Schärfe verloren, den dritten Zähnen zum Trotz.

»Halt jetzt endlich die Schnauz' davon, du widderlich Frese!«

Dem Skatbruder gefriert das Grinsen. Banane ist ernst. Das hört man der Stimmlage an.

»Ich hab noch nie im Leben einen verzinkt! Ich hab für den Lang den Finger krumm gemacht, hat der fünf Jahre Zuchthaus weniger für gekriegt. Ich hab im Leben noch nie einen verblasen.«

»Ist ja gut, Banane. Weiß doch jeder.«

»Dat weiß jeder? Wofür erzählst du dann so einen Stuß, wenn ich hier reinkomme? Ihr wißt doch gar nicht, was ein V–Mann ist. Dann wär ich doch normal Millionär, wat ich all so weiß; mich interessiert dat aber nicht. Kann jeder machen und tun, wat er will. Sollen mich aber nur in Ruhe lassen!«

Die Ader an der Stirn ist abgeschwollen.

»Ich hab noch nie einen verzinkt!«

Seine Stimme verliert jetzt etwas an Schärfe.

»Ich kann mit stolzem Haupte, kann ich jedem in die Augen sehen!«

Jetzt ist seine Stimme sogar weich geworden. Die anderen schauen ihn schon nicht mehr an, blicken auf den runden Skattisch, auf dem das Skatblatt noch unberührt liegt. Tatsächlich: Banane hat Tränen in den Augen. Schämt sich auch gar nicht. Läßt ein paar laufen. Dann wischt er kurz mit der Hand über die Augen. Aber noch mal stößt ihm der Zorn auf:

»Sowat laß ich nicht auf mir ruhen! Wenn ich jetzt krebskrank wär', verstehste, dann tät ich in Köln ein Massaker machen, dann tät ich zehn Mann umlegen, Knall auf Fall, hätt' ich nix mit am Hut!«

Die anderen blicken weiter auf den Tisch, bis einer das Skatblatt aufnimmt und sagt:

»Wer gibt als erster?«

Die Nas
oder vom Wesen des kölschen Gangsters

*Der Gangster ist der Mann der Stadt mit der Sprache der
Stadt, mit ihren fragwürdigen und unehrlichen Fertigkeiten
und ihren rücksichtslosen Waghalsigkeiten. Für den Gangster
gibt es nur die Stadt; er muß sie bewohnen, um sie zu personifi-
zieren; nicht die wirkliche Stadt, sondern jene gefährliche und
traurige Stadt der Phantasie, die die moderne Welt ist. Und
auch der Gangster ist in erster Linie ein Geschöpf der Phantasie. Die wirkliche Stadt bringt nur Kriminelle hervor; die ein-
gebildete Stadt bringt den Gangster hervor. Das ganze Leben
des Gangsters ist der Versuch, sich von der Masse zu entfer-
nen; und immer stirbt er, weil er ein Individuum ist; die letzte
Kugel wirft ihn zurück, läßt ihn am Ende doch scheitern. Für
den Gangster gibt es in Wahrheit nur eine Möglichkeit – das
Scheitern.*

Robert Warshow

Wie sein Schiff hieß, weiß ich nicht. Ich achtete auch nicht darauf,
als ich es das erste Mal betrat. Es war eine Motoryacht, schlank, blau
gestrichen, zwanzig Meter lang und hochseetüchtig. Ich hatte lange
gebraucht, um sie an ihrem Ankerplatz im Rheinau-Hafen zu finden.
Um ihn zu finden. Ich hatte seine Freunde, seine Anwälte angerufen:
niemand wollte oder konnte mir sagen, wo er war. Erst auf dem Waidmarkt war ich fündig geworden, der Kripo-Chef wußte, daß er sich
auf dem Schiff aufhielt. Es schien, als verstecke er sich hier wie auf
einer letzten, freilich sinkbaren Bastion. Er stand unter Anklage und,
wie er mit Recht glaubte, unter ständiger Beobachtung der Polizei.
Auf freiem Fuß war er nur, weil er Kaution gestellt hatte. Nicht Geld,
sondern sein Schiff war das Pfand. Die Anklageschrift war damals
noch nicht verfaßt, aber es hieß, sie liefe in der Hauptsache auf Men-
schenraub hinaus, und es standen viele Jahre Gefängnis auf dem Spiel.
Auf der Yacht rührte sich nichts. Ich rief. Keiner antwortete. Es
war Hochwasser und zwischen Kai und Yacht bildete ein Schlauchboot
den Verbindungssteg. Ich stieg hinüber. Auch jetzt rührte sich nichts
an Bord. Ich ging um den Aufbau herum, fand die Tür, die hinunter

in die Kabine führte. Sie war offen, die Kabine jedoch leer. Dann hörte ich ihn. Er arbeitete im Maschinenraum, hantierte mit Schraubenschlüsseln an verchromten Rohren, grummelte fluchend. Ich machte mich bemerkbar. Unwillig, langsam erhob er sich aus seiner gebückten Stellung und drehte mir dann sein Gesicht zu. Ich sagte, wer ich sei und was ich wolle: Recherchen über die Kölner Unterwelt in den 60er Jahren. Er sagte nichts, sein Gesicht war ausdruckslos. Das, was man für eine Unmutsfalte hätte halten können, war eine acht Zentimeter lange, senkrechte Narbe neben der Nase. Ich hatte ihn bis dahin noch nie gesehen, außer auf Fotos. Die Nase war wirklich beeindruckend, für sich genommen. In dem gewaltigen Gesicht fiel sie aber nach einer Weile nicht mehr sonderlich auf. Er sagte immer noch nichts.

»Soll ich ein anderes Mal wiederkommen?«

Er sagte nichts, wandte sich wieder seinen Rohren zu, legte eine Hand auf eines und rüttelte daran.

»Ich baue grad die Wasserpumpe um,« sagte er, erklärte dann eine Reihe technischer Details, die ich nicht verstand, und erzählte dann eine Geschichte, wie ihm einmal ein Tankwart ein paar hundert Liter Diesel in den Wasser-Stutzen statt in den Sprit-Stutzen gefüllt hatte. Dann erzählte er, welche Häfen er letztes Jahr in der Karibik mit seinem Schiff angelaufen sei. Er erzählte, während er weiter arbeitete, Muttern löste, Muttern wieder anzog. Dann, ziemlich unvermittelt, legte er das Werkzeug weg und wandte sich mir wieder zu.

»Nächstes Jahr geht es nach Rio« sagte er und starrte mich dabei an, als wolle er prüfen, ob ich an sein nächstes Jahr in Freiheit glaubte.

Ich reagierte naiv: so weit? Ob das der Kahn denn schaffe? Sein Mißtrauen schien sich zu verlieren und er zählte noch einmal die Häfen und die Route seiner letzten Karibik-Kreuzfahrt auf. Schließlich kam er aus dem Maschinenraum hervor, stellte sich neben mich.

»Sechziger Jahre?« sagte er nach einer Weile. »Das gibt es heute doch alles gar nicht mehr. Das sind doch heute alles ganz andere Jungen. Die sind doch heute froh, wenn sie einen Schuß haben, einen einzigen, und die gibt denen fuffzig oder hundert Mark und dann gehen die sich davon ein bißchen Hasch oder sowas kaufen und dann sind die zufrieden. Das sind doch Waschlappen.«

Ich murmelte etwas Zustimmendes und hakte nach: »Und früher?«

Er antwortete nicht gleich. Sein großer Körper richtete sich ein wenig auf, er sah mich zum ersten Mal während unseres Gesprächs an der Reling an:

»Ja, meinst du denn, einer von uns wär zu 'nem Schuß gegangen und hätte gesagt: bitte, bitte, gib mir fünfzig Mark?« Er lachte nicht dabei.

»Ich will nicht sagen, daß wir brutal waren. Mit Gewalt und so, Prügel, das braucht ja nicht zu sein. Aber ich meine doch: Ordnung muß sein, oder?«

Wieder sagte ich etwas Zustimmendes. Ich hatte nicht den Mut, genauer nachzufragen, ihn zu fragen, wie er es denn gemacht hatte. Aber er achtete ohnehin nicht auf mich. Er schwieg wieder. Für einen Augenblick wurde sein Blick fast weit, richtete sich auf die Hafenausfahrt. Dann sagte er: »Wenn die Jungen heute irgendwas haben, ja meinst du, es stellt sich einer von denen? Das sind doch Feiglinge! Jeder von denen hat doch 'ne Knarre in der Tasche oder im Halfter. Und wenn was ist: Peng! Die legen dich um wie nichts!« Unwillig schüttelte er den Kopf. Dann sah er wieder auf mich herab. Von einsneunzig auf einssiebzig.

»Ich«, sagte er, »ich hab immer draufgehalten, ich hab nicht stillgehalten, ich hab ganz schön was verteilt. Und: ich hab mich immer gestellt. Aber dafür hab ich auch immer ganz schön viel eingesteckt. Ist doch logisch. Wenn ich austeile, dann kriege ich sie auch, oder?«

Er starrte mich jetzt fast an und ich wußte nicht, was ich sagen sollte.

»Das brauchst du mir nicht zu glauben«, sagte er, »daß ich ganz schön was draufgekriegt habe, das kannst du sehen. Willst du das mal sehen?«

»Was?« fragte ich.

Er öffnete sein Hemd, knöpfte es Knopf für Knopf auf, zog die beiden Hemdteile auseinander und richtete seine nackte Brust und seinen nackten Bauch gegen mich. Der ganze Oberkörper vom Hals über die Schultern, die Brust bis unter die Achseln, der Bauch, alles war übersät von Narben.

»Die hab ich mal gezählt, das sind über fünfzig Stück.«

Er knöpfte das Hemd wieder zu. Wir schwiegen. Obwohl ich eigentlich gerne Genaueres über die Herkunft der einen oder anderen Narbe erfahren hätte. Als ich mich endlich dazu aufraffte, ihn danach zu fragen, sagte er:

»Ich muß jetzt wieder nach der Pumpe sehen.«

Mitte der sechziger Jahre hatte Köln den Ruf, das Chicago am Rhein zu sein. Über Jahre wies die Statistik Köln als die deutsche Stadt mit der höchsten Kriminalitätsquote aus. An den Ruf vom *Klein Chicago* war die Stadt gekommen durch Zeitungsgerede, daß hier das »*organisierte Verbrechen mafiaartig*« die Stadt beherrschte, Schlägerbanden die Vergnügungslokale auf den Ringen abkassierten. Das war Unsinn. Oder doch nur die halbe Wahrheit. Jedenfalls war Köln nicht durch mafiaartige Schlägerbanden, sondern durch ganz andere Umstände zu einer Kriminellen-Hochburg geworden.

Keine Mafia, keine organisierte Bande von Großgaunern beherrschte die Stadt, sondern lediglich zwei Figuren, zwei Männer: Schäfers Nas und Dummse Tünn. Wobei von »herrschen« nur sehr eingeschränkt die Rede sei kann. Denn sie herrschten nur in der Unter- und Halbwelt, und »herrschen« bedeutet hier lediglich: wo sie hinkamen, in welches Lokal auch immer, sie waren die Könige. Und natürlich herrschten sie über Frauen, die für sie liefen und die sie reich machten. Vor allem aber herrschten sie in der Presse: ganze Scharen von *Express*-Reportern lebten von den Buhmännern Nas und Tünn: keine Schlägerei wurde ausgelassen, kein Fahren ohne Führerschein – Tünns Lieblingsdelikt – blieb im *Express* unerwähnt. 1966 rief Anton Dumm den Deutschen Presserat an, und zwar wegen Rufmord durch den *Express*. Viel mehr als sie selbst trug der *Express* dazu bei, daß Tünn und Nas zu *Königen der Unterwelt* wurden.

Was war so faszinierend an Männern, deren offizieller Beruf Nachtlokal-Pförtner war? Natürlich das Flair der Halbwelt, das sie umgab, die Nutten, Halbnutten, Fußballspieler, Boxer, die zu dieser Besetzung dazugehörten. Aber das alles gab es auch ohne sie. Was sie herausragen ließ, war einzig und allein ihre körperliche Stärke. Bis zum Entscheidungskampf, und der fand erst 1975 statt, hatte Tünn den Ruf, der

151

stärkste Mann von Köln zu sein. Ein Ruf, dem viele folgten: aus Glad-
bach, Viersen, Frechen, Brauweiler, aus allen umliegenden Dörfern
reisten Lokalgrößen an, suchten Tünn, und es ging keine Nacht vorüber, in der er sich nicht einem von ihnen hatte »stellen« müssen. Er
schlug sie alle. Bis auf einen. Der hieß Mustafa und kam aus Persien.
Im Kampf mit Mustafa hatte Tünn den Fehler gemacht, den Gegner
zu nahe an sich herankommen zu lassen. Mustafa schlug nicht. Mustafa
war ein Ringer. Einmal an Tünn heran, hebelte er ihn aus. Anschließend
tranken sie Whisky.

Sonst aber blieb Tünn der Stärkste. Denn er war nicht nur sehr stark
sondern ebenso brutal, wobei Brutalität hier nicht moralisch zu verstehen ist. Für Tünn und Nas war das Kämpfen kein Sport sondern eine
Sache des Überlebens. Was heißt, es gab kein Fairplay. Es gab nur
eine Regel: die erste Aktion – ob mit der Faust, dem Fuß, dem Kopf
oder mit was auch immer – muß absolut unvorbereitet und unvorher-
sehbar kommen. Und sie muß absolut präzise sein, damit der andere
sofort k.o. ist oder doch so benommen, daß genügend Zeit bleibt für
die zweite, endgültige Aktion.

In solchen Kämpfen blieb Tünn lange Jahre der Beste, eben der
stärkste Mann von Köln. Er blieb es zumindest bis zum September
1975. Zwischen ihm und Nas herrschte eine Art Gentlemen Agree-
ment. Jeder hielt sich aus dem Revier des anderen heraus, sie waren
keine Freunde, sondern respektierten sich gegenseitig als gleichrangig.
Nur einmal stand Tünn, ziemlich besoffen, mit ein paar seiner Männer
im Entree eines Blatzheim-Lokals, für das Nas die Verantwortung hatte. Nas kam – solche Kundschaft breitet sich rasend schnell aus – und
stellte sich vor Tünn:

»Tünn, wenn du hier Ärger machst, dann tu ich dir weh!«

Tünn, wohl gerade seines Betrunkenseins innewerdend, drehte ab.
Freunde hätten sie nie werden können. Sie waren zwei zu unterschiedliche Varianten des Typs Unterweltgröße. Wobei Tünn eigentlich die
kölschere Spielart darstellte. Köln ist ja eine Ansammlung von Dörfern, die man hier »Viertel« nennt. Wer in Köln in der Unter- und
Halbwelt eine Rolle spielen will, der muß zuerst ein Viertel beherr-
schen. Das heißt: durch eine lange Kette von Kämpfen und Duellen

muß er konkurrierenden Anwärtern auf die Krone klargemacht haben, daß er der stärkere ist. Auf dieser Basis gewinnt er Bewunderer und Freunde, kann, wenn es denn so weit ist, diese Männer um sich scharen und, gestützt auf die massierte Schlagkraft, zu neuen Ufern aufbrechen, beispielsweise die Innenstadt, die Ringe erobern. So war es jedenfalls zu Tünns und zu Nas' Zeiten. Tünn und Nas sind Fossile in der Landschaft der Kölner Unterwelt, Überreste aus ihrer heroischen Epoche, aus der Zeit, in der hier allein die Stärke den Wert eines Mannes ausmachte und in der der Kampf Mann gegen Mann noch das prägende Muster abgab für alle anderen Verhaltensmaßregeln.

Aber wie gesagt, waren Tünn und Nas zwei ganz unterschiedliche Typen in dieser jetzt versunkenen, mythischen Welt der Stärke. Tünn kam aus Rath, hatte am Bau gearbeitet, hatte von Rath aus Kalk unterworfen, eine Mannschaft aus Freunden um sich versammelt, war auf den Ring gegangen, immer von seinen Männern umgeben, und war hier zum König gekürt worden. Aber dieser König war, obwohl stark und unbesiegbar, alleine nichts. Er brauchte um sich immer seine Freunde, sie waren das Element, in dem er leben konnte.

Ganz anders Nas. Nas war der Prototyp des Einzelkämpfers. Nicht die sentimentalen Freundschaftsbande, wie Tünn sie pflegte, sondern allein die Autorität der Stärke war die Grundlage seiner Beziehungen zu anderen. Seine mächtige Gestalt und seine enorme Kraft hatten ihn nach oben gebracht. In den fünfziger Jahren war er noch ein Ringroller, ein Hafenarbeiter, dann auch auf dem Bau. Seine steile Unterwelt-Karriere begann mit der Eröffnung von Blatzheims *Eve*, wo Nas »die Türe« machte.

»Freunde?« er lehnte sich zurück, brüsk, so, daß sein Rücken gegen die Holzverkleidung knallte. »Ich hab keine Freunde! Vielleicht früher hab ich mal Freunde gehabt.«

Er beugte sich jetzt wieder vor, seine Hände legten sich um die Kaffeetasse vor ihm. Jetzt eben war er erregt gewesen, hatte für den Bruchteil einer Sekunde das Gefühl gehabt, etwas Unkontrolliertes zu sagen. Nun hatte er sich wieder in der Gewalt und in seiner Stimme schwang jetzt ein Ton von Belehrung.

»Das ist ein hartes Geschäft. Da stehst du Brust gegen Brust. Da gibt es kein Shake-Hands zwischendurch. Entweder du fällst oder du bleibst stehen, sonst gibt es nichts.«

Bei meinem zweiten Besuch auf seinem Schiff hatte ich ihn in einer entspannteren Situation angetroffen. Er saß mit einer Frau und einem anderen Typ beim Kaffee in der Kajüte. Legte schon mal seinen Arm um die Schultern der Frau, gab ihr, um Charme bemüht, den Auftrag, neuen Kaffee zu machen. Ich wollte wissen, wie es früher war. Er erzählte, allerdings nicht besonders bereitwillig, eher in der Art knapper Kommuniques, nur kurze Episoden. Über Polizisten zum Beispiel. Da hatte er die gleiche Meinung wie zu seinen heutigen Berufskollegen: alles Waschlappen.

»So Hemden, die kann ich doch überhaupt nicht ernst nehmen! Früher war da noch der eine oder andere drunter, der wirklich einen Schlag hatte.«

Er erzählte eine Geschichte, von ganz früher, als er noch bei seinem Vater wohnte. »Da hatten wir im Eigelstein-Viertel mal ein bißchen ein Kino auseinandergenommen, so ein bißchen an der Sitzbank gewakkelt und so. Und da saßen rechts und links von uns – wir hatten die überhaupt nicht gesehen – zwei Bullen. Plötzlich standen die auf, die hatten beide Arme wie mein Oberschenkel, hatten mich im Kasten und dann mit auf die Wache. Ich kann dir sagen, so, wie die mich da auseinandergenommen haben, das ist mir seitdem nie mehr passiert. Ich bin nach Hause gekrochen, auf allen Vieren. Ich sah aus, als wenn ich grade unter die Walz gekommen wäre. Mein Vater hat mich nicht mehr erkannt.«

Gewaltiger Respekt vor diesen Polizisten schwingt mit, wenn er solche Geschichten erzählt. Und er weiß auch noch den Namen des Polizisten aus dem Eigelstein-Viertel, der ihn einmal mit einem Schlag k.o. geschlagen hatte. Dann, später, als er als erster in Köln einen roten Triumph TR 6 fuhr und dazu noch eine 750er BMW, die nicht ganz vorschriftsmäßig ausgerüstet war, da gab es einen Motorradpolizisten, der scharf auf ihn war. »Fuss« hieß der, und der verfolgte Nas, wo er ging, stand und fuhr, ließ x-mal die BMW stillegen, den Triumph, wenn er nicht vorschriftsmäßig geparkt war, abschleppen.

»Der wollte mich kleinkriegen. Und da hab ich zu dem gesagt: Fuss! Wenn ich dich einmal kriege, dann kannste dich ganz warm anziehen, dann nehm ich dich in die Mangel!«

Natürlich kam die Stunde der Rache. Der »Fuss« war in der Gegend um die Nächelsgasse gesichtet worden, in Zivil. Nas wurde benachrichtigt, rollte an und nahm sich den Mann vor. Der hat sich anschließend in eine andere Stadt versetzen lassen, denn er tauchte nie mehr in Köln auf.

Draußen war es dunkel geworden. Ein leichter Wellengang hatte die Yacht ein wenig zum Schaukeln gebracht. Beinahe hätte ich mich wohlfühlen können in seiner Kajüte. Er erzählte noch ein paar Geschichten von Autos, Motorrädern, seinen Fahrkünsten, dann stand er auf, trug ordentlich die gebrauchten Tassen nach nebenan in die Kombüse, zog sich seine Jacke an und sagte:

»Ich hab Hunger.« Auf dem Kai stiegen wir in unsere Wagen. Er öffnete die Tür eines orangefarbenen, angerosteten Kadett, Baujahr 73. Bevor er einstieg, sagte er: »Ein schön unauffälliges Auto. Die Schmier guckt nur nach meinem Jeep, aber der steht in der Garage.« Wir fuhren los.

Bertolt Brecht war ein kleines, ungewaschenes, nach Schweiß und kaltem Zigarrenrauch riechendes Männlein. Ende der 20er Jahre schrieb er ein Gedicht, das heißt:

GEDENKTAFEL DER 12 WELTMEISTER

JOHNNY WILSON
Der 48 Männer k.o. schlug
Und selber k.o. geschlagen wurde von

HARRY GREBB, der menschlichen Windmühle
Dem zuverlässigsten aller Boxer
Der keinen Kampf ausschlug
Und jeden bis zu Ende kämpfte

Und wenn er verloren hatte, sagte:
Ich habe verloren.

Bertolt Brecht ließ damals keinen Boxkampf aus und liebte es, sich mit diesen menschlichen Kampfmaschinen zu umgeben. Was fasziniert jemanden, der mit Worten und Ideen und Büchern umgeht, an Männern, die seit ihrer Kindheit nichts als ihre Unterschrift geschrieben, nur ans Geld gedacht und kein Wort zuviel verloren haben? Deren Ausweis fast einzig in ihrer Kraft und im rücksichtlosen Gebrauch dieser Kraft besteht? Die oft unerträglich borniert, oft menschenverachtend, und manchmal sogar dumm sind? Vielleicht ist es eine regressive und deshalb immer vergebliche Sehnsucht nach einem Sein, das noch nicht begonnen hat, sich in Frage zu stellen. Unvorstellbar: ein Boxer, zu einer Geraden ansetzend, der darüber nachdenkt, *weshalb* er jetzt, weshalb er überhaupt schlägt. Er *ist* dieser Schlag, *ist* diese Aktion. Ein Gangster, der ein Geschäft abschließt, denkt darüber nach, ob es sich lohnt, wägt das Risiko ab, aber er denkt nicht über den Wahrheitsgehalt oder den Wirklichkeitsgrad dieses Geschäftes *an sich* nach, noch kommt ihm in den Sinn, es unter dem Aspekt zu betrachten, ob er sich in ihm wesensgemäß verwirklichen kann. Boxer und Gangster sind das, was sie tun und weiter nichts. Archaische Gestalten, fern dem Elend der Reflexion, ohne eine Spur unglücklichen Bewußtseins. Machtmenschen par excellence: so, unverrückbar in sich selbst ruhend, können sie nur das tun, was ihnen *wesensgemäß* ist, nämlich das, was ihnen nutzt, was sie stärkt und mächtig macht, und nicht der Schatten eines Skrupels belastet sie. Für jemanden, dessen tägliches Geschäft und beständige Qual eben solcher Skrupel ist, der hoffnungslos und endgültig verstrickt ist in Zweifel und Selbstzweifel, der aber gleichzeitig auch gehört werden will, für so einen, das ist klar, sind Männer wie Nas und Tünn Faszinosa ersten Ranges.

Das wären sie nicht, wenn sie wirklich, bis auf den Grund ihrer Seele, so wären: so einfach und eindeutig, in sich ruhend und in schlichter Naivität stark und brutal. Denn, und das ist der springende Punkt: sie tun nur so als ob. Sie sind nämlich die geborenen Mythomanen.

Sie können gar nicht anders, als sich selbst zum Mythos zu machen. Das fängt bei ihren Bewegungen, ihren Gesten an. Die sind, als wären sie, die Gangster, hundertmal in den gleichen Gangsterfilm mit Lino Ventura gegangen und hätten jede Miene von ihm, jede Handbewegung, jede Drehung des Oberkörpers bis ins kleinste Detail studiert. Vielleicht haben sie das tatsächlich. Denn so knapp kalkuliert, so präzise abgezirkelt wie die ihren können Gesten überhaupt nicht sein, außer im Kino. Hier gilt der Satz vom Filmhelden, den Herr Wondratscheck von Mr. Warshow gestohlen hat und für seinen eigenen ausgibt: ein Gangster ist einer, der so aussieht wie ein Gangster. So haben die starken Männer und Schriftsteller wie Brecht und Wondratschek eines gemeinsam, sie sind süchtig nach Mythen.

Doch sind nicht nur die Gestalt des Gangsters, sein Gesichtsausdruck, seine Bewegungen und seine Sprache sein eigener und sein liebster Gegenstand des Mythologisierens. Er schafft – und das ist auch der Stoff, aus dem die Dichter-Träume sind – um sich eine dichte, geschlossene Welt, eine Welt mit einer eigenen Ordnung. Sprachliches Gerüst dieser Welt, und da wissen wir sofort, wo wir dran sind, sind Redewendungen wie: »Das ist doch normal!« – »Aber mit Sicherheit!« »Hundertprozentig!« – »Das tut man nicht!« – »Ist doch logisch, oder?«

Diese straffe formale Ordnung kennt natürlich auch Werte: den Wert der Freundschaft, den Wert der Treue, den Wert der Verschwiegenheit, den Unwert des Verrats, alles Werte, die im gleichen Maße wie sie unverbrüchlich im Ehrenkodex festgeschrieben sind, pragmatischer Handhabung bedürfen. So, wie eines Mittags Dieter Kramer, Tünns bester Freund, mit einem dicken Zeitungsbündel unterm Arm in die *Express*-Redaktion gestürmt kam und laut nach dem Reporter schrie, der wieder mal was Böses über seinen Freund geschrieben hatte, dabei eine überdimensionale automatische Pistole aus dem Zeitungsbündel zog und wahllos auf Boten, Sekretärinnen und Redakteure zielte, bis er schließlich besänftigt werden konnte und sich dann sogar bereitwillig darauf einließ, einmal die erfreulichen Seiten von Tünns Persönlichkeit exklusiv für den *Express* zu erhellen, – gegen ein ordentliches Honorar selbstverständlich.

Aber solche pragmatischen Handhabungen sind im Ehrenkodex selbst nicht vorgesehen. Dort sind, als wenn sie Jahrtausende alt wären, die Riten und Bräuche ehern festgelegt und Nas und Tünn waren die letzten in Köln, die ihnen noch einmal Glanz verschafft haben.

Banane wohnt in Nippes. Es war leicht, ihn zu finden, nämlich dort, wo er sich jeden Morgen mit den anderen Jungs trifft, in einer Kaffeebude auf dem Eigelstein. Ich hatte ihn da gesehen und mich mit ihm in seiner Wohnung verabredet. Banane hat einen großen Ruf in der Kölner Halb- und Unterwelt, jeder kennt ihn, fast jeder hatte schon mal mit ihm zu tun, geschäftlich. Er ist keiner vom Schlage der starken Männer, obwohl er sich mit Sicherheit auch körperlich einzusetzen versteht oder verstand, denn schließlich ist Banane jetzt über sechzig. Banane ist eher der Typ des Geschäftemachers, man spricht davon, daß er zur Zeit in Gold macht.

Ich klingelte. Die Tür öffnete sich und zwei riesige Schäferhunde streckten ihre Schnauze heraus. Bananes Stimme: »Aus!« Die Schnauzen verschwanden. Ich stand in der Küche. Peinlich sauber aufgeräumt, keine einzige schmutzige Tasse im Spülbecken, der Boden glänzte, noch naß hing der Putzlumpen sorgfältig über dem Putzeimer. Wir setzten uns. Banane ging es schlecht.

»Meine Frau ist vor zwei Wochen gestorben, seitdem hab ich den ganzen Brassel hier am Hals. Vor allem die zwei Hünde! Die müssen dreimal am Tag raus. Dann muß ich mit denen spazierenlaufen.«

Er sagte noch eine Menge über Hunde, daß seine Hunde im Schäferhundverein soundsoviele Medaillen gewonnen hätten und daß es seine besten Freunde seien. Die Hunde mußten in der Küche bleiben, als wir ins Wohnzimmer gingen, um zu telefonieren.

Ich war zu Banane gekommen, um ihn als Vermittler in Anspruch zu nehmen. Als Vermittler zwischen Nas und Tünn, die damals, so hatte ich gehört, nicht besonders gut zueinander standen. Aber ich hätte gerne beide zusammen erlebt, und wir wollten jetzt versuchen, per Telefon einen Termin zu vereinbaren.

Das Wohnzimmer Bananes war noch ordentlicher als die Küche: Schrankwand, Couch, Couchtisch, Teppichboden, wie aus dem *Möbel-*

Buch-Katalog. In der Schrankwand ein paar Fotos, Andenken. Banane zeigte mir einen vergoldeten Zellenschlüssel aus Alcatraz, das war der Höhepunkt seines USA-Urlaubs letztes Jahr gewesen, der Besuch auf der berühmten Gefängnisinsel. Banane nahm das Telefon. Eine Frauenstimme war am anderen Ende der Leitung.

»Hier ist et Banänchen«, sagte Banane, »ist der Hein da?« Hein war nicht da, er war auf seinem Schiff.

»Und sonst? Wie geht's dir sonst?

»Mir? Mir geht's schlecht! Du weißt doch, das mit meiner Frau. Und dann muß ich jetzt die Hünde ganz allein versorgen, was meinste, was das für 'ne Lauferei is?«

Banane klagte noch eine ganze Weile und während er telefonierte, hatte er vor sich auf dem Teppichboden einen Flusen entdeckt. Er beugte sich vor, hob den Flusen mit zwei Fingerspitzen auf und legte ihn sorgfältig im Aschenbecher ab. Dann sah er einen weiteren Flusen. Banane glitt aus seinem Sessel, den Telefonhörer immer noch zwischen Ohr und Schulter geklemmt und näherte sich auf den Knien rutschend dem zweiten Flusen, dann entdeckte er einen dritten, einen vierten und einen fünften. Er sammelte sie alle ein, behielt sie in der Hand und legte sie dann zu dem ersten in den Aschenbecher. Schließlich war der Teppichboden von Flusen gereinigt und Banane legte auf. Tünn war nicht zu erreichen. Nas war auf seinem Schiff.

Wir fuhren hin. Nas war in der Kajüte. Der Empfang war frostig.

»Ich hab gehört, daß du gestern abend bei dem Italiener warst?«

Seine Frage an Banane klang eher wie eine sachliche Feststellung, ein lauernder, herausfordernder Unterton war nicht zu überhören.

»Hein, du weißt doch wie sowas ist...«

»Nein, ich weiß das nicht! Ich verkehre nicht mit Zinkern.«

»Ich war höchstens zehn Minuten da. Der hat mich angerufen, daß er seinen Geburtstag feiern tät, und ich sollt doch mal vorbeikommen. Da bin ich ganz kurz mal vorbeigefahren, das waren bestimmt noch keine zehn Minuten, die ich da war.«

Der Blick von Nas bekam etwas steifes, undurchdringliches, kein Mienenspiel war in seinem Gesicht.

»Zehn Minuten zu viel.« Damit war das Thema beendet. Dann klagte Banane wieder über den Tod seiner Frau, sagte, daß sie sich durch ihren Tod an ihm räche, weil er jetzt so viel Arbeit im Haushalt und vor allem mit den Hunden hätte. Er stützte dabei die Ellbogen auf seine Knie, legte den Kopf in die Hände, ein Bild des Jammers. Nas stand ihm gegenüber, blickte auf ihn herab.

»Dann bring die Hünde doch zum Viehdoktor, der gibt denen 'ne Spritze, dann sind die weg.«

Bananes Oberkörper schnellte hoch.

»Nee, das kann ich nicht, das bring ich nicht übers Herz. Ich hänge doch an den Tieren!«

»Dann hör mit deinem Geknatsche auf.«

Banane klagte weiter. Dann erzählte Nas, wie er vor zwei Jahren seinen Dobermann erschossen hatte, mit einer Magnum. Banane sagte nichts mehr.

Weshalb er ihn umgebracht habe, wollte ich wissen.

»Der hat Kunden von mir gebissen.«

Es kam keine Stimmung zwischen den beiden auf. Die Unterhaltung stockte. Auch ein mögliches Treffen zwischen Nas und Tünn blieb vage. Nur noch ein paar Einzelheiten über den richtigen Umgang mit Waffen wurden erörtert.

»Bei den Leuten, mit denen ich so zu tun habe, mußt du so ein Dingen dabei haben, sonst bist du verloren«, gab Nas zum besten. »Ich trage rechts. Das ist für mich der schnellste Weg zum Ziehen. Aber ich hab immer den Schlüsselbund mit, der macht das Jackett schwer. Und wenn ich jetzt ziehe, muß ich erst das Jackett zurückwerfen. Wenn da kein Schlüsselbund drin wär, wär das zu leicht und würde direkt wieder zurückfallen und würde mich behindern und ich bekäm das Ding nicht schnell genug raus. Aber mit dem Schlüsselbund bleibt das Jackett lang genug hinten, und ich kann ziehen.«

Nas mußte fahren. Es war der Tag in der Woche, der einzige, an dem er Köln verlassen durfte, um sich um sein »Haus« in Aachen kümmern zu können, das letzte von vielen, die er einst verwaltet hatte.

Den Ruf, »Klein Chicago« zu sein, behielt Köln nicht allzulange. Ende der sechziger, Anfang der siebziger Jahre verschwand Köln von der Spitze der Kriminalitätsstatistik und langweilige Städte wie Oldenburg nahmen seinen Rang dort ein. Eine ganz gewöhnliche Art von Kriminalität hatte den Grundstein für den besonderen Ruf Kölns auf diesem Gebiet gelegt, nicht Leute wie Nas oder Tünn waren dafür ursprünglich verantwortlich. Sie waren erst später aufgetaucht und bildeten schließlich nichts weiter als die pressegerecht aufpolierte sprichwörtliche Spitze des Eisberges.

Anfang der sechziger Jahre war es in Köln zu einer ganzen Reihe von Sensationsverbrechen gekommen – *Doppelmord in Gartenlaube*, *Der wahnsinnige Mörder von Volkhoven*, *Die schrecklichen Schwestern* und so weiter in einer langen Folge. Sie gaben den Anstoß für eine lange Prozession von Kriminellen aus aller Herren Länder nach Köln. Denn jeder an einem neuen Arbeitsfeld Interessierte mußte glauben, daß hier am Rhein besonders günstige Bedingungen für dunkle Geschäfte aller Art herrschten.

Die Kölner Polizei hatte alles andere als den Ruf, eine schlagkräftige Truppe zu sein und Kölns Repräsentanten in der Welt waren damals Hennes Weisweiler, Willy Millowitsch und Theo Burauen, rheinische Frohnaturen allesamt, von denen man auf ein lasches Stadt- und Polizeiregiment schließen konnte. Zudem war Köln von seiner topographischen Anlage her ein ideale Stadt für Straftäter, vor allem für solche auf der Flucht, denn die drei die Stadt umringenden Grüngürtel gaben sozusagen natürliche Fluchtzonen ab. Der Rhein bildete in dieser Kriminalitäts-Geographie übrigens eine Art von Hochgebirge, eine Grenze, die niemand ohne Zwang überschritt: kein rechtsrheinischer Krimineller beging je linksrheinisch, kein linksrheinischer je rechtsrheinisch Straftaten.

Was dann den Ausschlag gab, Köln den Ruf einer Hochburg der Unterwelt zu verschaffen, war ein Ergebnis der Integrationskraft kölscher Mentalität. Diese bewies nämlich auch in der Unterwelt ihre Wirksamkeit. Die aus allen umliegenden Großstädten zureisenden Unterweltler kamen nicht dazu, hier ein autonomes Geschäftsleben zu entfalten. Es entstand weder eine Wiener noch eine Frankfurter Zuhälter- und Schläger-Dependence. Sie alle wurden integriert. Das heißt:

162

Die Kölschen behielten die Oberhand. Die Viertelshäuptlinge behaupteten ihr Revier. Kein Eingewanderter hat in jener Zeit in der Kölner Unterwelt eine bedeutende Karriere machen können. Wo die Integration sich nicht mit guten Worten herbeiführen ließ, mußte die Gewalt überzeugen. Die mit solcher Überzeugungsarbeit verbundenen Behauptungskämpfe – *Mord und Totschlag auf den Ringen* – fielen zeitlich zusammen mit dem Höhepunkt der Klein-Chicago-Pressekampagne und provozierten die ersten Gegenmaßnahmen. Bürgerwehren wurden gegründet, die Kölns Straßen durch Selbstjustiz »sicherer« machen sollten. Vor allem aber die Polizei rüstete sich.

Wir müssen denen beweisen, daß sie nicht unschlagbar sind, lautete die Devise des neuen Polizeichefs, Hamacher. Korrupte Bullen – z.B. der, der gern ein Auge zudrückte, wenn er nur eine Runde mit Anton Dumms weißem Jaguar E drehen durfte – wurden gefeuert. Hit-Listen hingen im Präsidium, die jede Woche auf den neuesten Stand gebracht wurden. Darunter: die zehn meistgesuchten Gangster Kölns. Die Kripomänner bekamen »Kopfprämien« für jeden »Abschuß«. Monatelang wurden am Waidmarkt Sonderschichten gefahren. Und wenn die Kräfte nicht mehr ausreichten, gingen sie schlafen, während im nunmehr leeren Präsidium alle Räume die Nacht hindurch hell erleuchtet blieben und signalisieren sollten: wir sind dran! Mit laufenden Sirenen fuhren zwei Polizeimotorräder durch die Stadt, eben nur, um Unruhe im Milieu zu verbreiten. Eine dreißig Mann starke Spezialtruppe in Zivil wurde in den Untergrund entsandt. »Bremsprobe« hieß dieses Unternehmen.

Der eigentliche Anfang vom Ende von »Klein-Chicago« aber war Hamachers Kampfdevise: »Ran an die Lokalgrößen.« Einem der Großen mußte gezeigt werden, daß er verwundbar war. Es mußte ihm etwas nachgewiesen werden. Etwas, das ihn die Begrenztheit seiner Macht spüren ließ und ihm zeigte, daß das Eis dünn war, auf dem er sich bewegte. In der Welt der starken Männer ist so etwas schwer. Denn in dieser Welt gibt es keine Zeugen. Und wenn es doch Zeugen gibt, dann schweigen diese gewöhnlich in der Hauptverhandlung. Durch einen Präzedenzfall mußte solchen Zeugen klargemacht werden, daß sie keine Angst zu haben brauchten. Die Strategie war klar. Es fehlte das Opfer. Es fehlte der Präzedenzfall.

Dieser Fall wurde der Fall von Anton Dumm. Er kam für fünf Jahre in die Kiste, in erster Linie wegen wiederholten Fahrens ohne Führerschein.

Es ist eines der schmucken kleinen Häuschen in Köln-Rath, das heißt, es war eines. Aus Backsteinen gebaut, spitzgieblig, einstöckig, wobei das erste Stockwerk eines für Zwerge gewesen sein muß. Tünn empfing mich an der Tür, er war alleine im Haus. Die blonden Haare nicht mehr im stacheligen Bürstenschnitt, sondern modisch gelockt. Wir gingen durch. Im Vorraum der Eichenküche lagen ein paar schwere Hanteln.

»Immer noch im Training?« fragte ich. Tünn, so groß wie ich, aber, obwohl ich nicht gerade schmal bin, gute zwanzig Zentimeter breiter als ich, sagte in einem Ton, gemischt aus Belehrung und Stolz:

»Das muß ich doch, Junge. Die wollen es doch alle immer noch wissen. Wenn ich abends ab und zu in der *Drachenburg* an der Theke stehe und dann erkennt mich einer von denen, dann läuft der zwanzigmal um mich rum, und dann stellt der mich. Die wollen es alle nochmal wissen. Das geht dann: bumm, bumm, und dann liegt der auf der Schnauze. Aber dafür muß ich eben fit bleiben.«

Wir saßen im Wohnzimmer, Blick auf den Garten, in Lederpolstern. Ich sagte etwas über den Reiz des kleinen Häuschens.

»Das bleibt nicht mehr lang«, sagte Tünn, »das wird bald abgerissen.«

»Schade«, sagte ich.

»Neu ist neu«, sagte Tünn.

Dann erzählte er eine Geschichte, wie er nach Jahren endlich an die Baugenehmigung für das neue, dreistöckige Haus an der Stelle des kleinen, von seiner Mutter geerbten Häuschens gekommen war. Die wäre nämlich jahrelang immer wieder herausgezögert worden. Im *Express* hatte er sogar einmal gedroht: *»Wenn ich die Baugenehmigung nicht kriege, wandere ich aus!«* Und der Express hatte in der Schlagzeile getextet: *Anton Dumm wird Bayer.* Aber dann hat sich doch noch

164

einmal alles zum Guten gewendet: Tünn hatte dem zuständigen Beamten über den Schreibtisch rüber, mit der Akte in der Hand ein paar ordentliche gelangt, »daß der mit dem Kopf gegen die Heizung geflogen ist.«

Der wollte Tünn natürlich anzeigen. Aber Tünn schlägt heute nicht mehr ohne Bedacht. Er hatte wohl etwas gegen den Beamten in der Hand, was auf Bestechung hinauslief. Die Anzeige unterblieb, und so trug Tünns Stärke nicht nur zu seinem mittlerweile vollendeten Hausbau, sondern auch wieder einmal zur Gerechtigkeit in Köln bei. Denn seit er aus dem Knast ist, und das ist schon lange, lange her, macht Tünn eigentlich nur noch positive Schlagzeilen. Das fing damit an, daß er, eine Malerrolle in der Hand, in der Zeitung abgebildet wurde beim Renovieren der mütterlichen Küche, auf einem anderen Foto sah man ihn mit einer seiner Brieftauben in der mächtigen Faust: *Dummse Tünn ist brav geworden: »Meine Mutter und meine Tauben sind das liebste, was ich habe!«* Wenig später brachte der Express ein Bild, auf dem er hoch zu Roß saß: *»Meine Pferde sind mein Ein und Alles«*. Schließlich schaltete er sich sogar in die Fahndung nach einem Verbrecher ein, spielte, und zwar mit Erfolg, den Privatdetektiv. Da hatte er allerdings vorher der Polizei Bedingungen gestellt: bei Erfolg Rückgabe des Führerscheins. Er bekam ihn. Seitdem fährt Tünn BMW, 5er Baureihe.

Jetzt ging es ihm augenscheinlich ganz gut. Er steckte sich eine HB an. Wir sprachen nicht darüber, ob er noch im Geschäft ist, wovon er lebt. Ich fing an, von den alten Zeiten zu erzählen, von seiner Rolle damals. Er nickte geschmeichelt. Dann stand er auf und nahm ein gerahmtes Foto von der Wand und zeigte es mir. Man sah einen elfjährigen Jungen auf einem Springpferd.

»Das ist mein Junge,« sagte er, »der gewinnt mit seinem Pferd einen Pokal nach dem anderen.« Er zählte ein paar Turniere, ein paar Preise auf.

»Der wird mal ein As«, sagte er und bot mir eine Zigarette an. Wir rauchten und schwiegen. Dann fuhr er nachdenklich fort: »Deshalb weiß ich nicht, ob das gut ist, wenn der Junge mitkriegt, was ich früher gemacht habe, verstehst du?«

Ich nickte und stellte dann doch noch weiter Fragen nach früher. Er hätte jetzt ärgerlich werden können, aber er blieb freundlich. Er stand wieder auf und ging zur Schrankwand. Er mußte sich strecken, um an das oberste Klappfach zu kommen und einen Schuhkarton herauszuholen. Der Karton war zum Bersten voll mit Zeitungsausschnitten, hunderte von Berichten über Dummse Tünn. Er blätterte sie durch, zeigte mit dem Finger auf die Fotos, versuchte zu datieren, sich zu erinnern: Helden-Mythos in *Express*, *Bild*, *Quick*, und *Bunte*. Aber er schien weit weg von dem. Wie waren noch lange nicht durch mit den Zeitungsausschnitten, als er sagte: »Komm, wir fahren jetzt zum Stall, da siehst du dir mal meine Pferde an!« Er zeigte mir seinen Stall, seine Pferde. Wir fachsimpelten und es zeigte sich, daß er ein ausgefuchster Pferdehändler war.

Zum Abschied sagte er: »Bestell der Nas Grüße von mir. Ich komm demnächst mal auf dem Schiff vorbei.« Natürlich kam er nicht.

Vielleicht hängt es damit zusammen, daß ihr Beruf ihnen die Freude an der Menschenfreundschaft genommen hat, jedenfalls sind Gangster häufig ausgesprochene Tierfreunde. Als ich das nächste Mal vor der Yacht stand, hechelte ein Dobermann über Deck. Es schien mir riskant, unangekündigt über die Reling zu steigen. Ich rief: »Hein«, bekam aber keine Antwort.

Der Dobermann war jung und ich streckte die Hand nach ihm aus. Er leckte daran. Als ich dann aufs Deck gestiegen war, spielte er mit mir, sprang mit dem Schwanz wedelnd an mir hoch. Er folgte mir um den Aufbau herum. Hein war wieder im Maschinenraum. Er blickte heraus, als ich ihn ansprach, war verärgert, sagte nichts und als er sah, daß der Hund mir die Hand leckte, langte er mit dem Arm aus dem Maschinenraum heraus und plazierte eine rechte Gerade so hart gegen die Rippen des Hundes, daß, wenn sie mich am Kopf erwischt hätte, ich für drei Wochen in die Lindenburg gewandert wäre. Der Dobermann jaulte und zog den Schwanz ein und hockte sich unterwürfig neben die Luke zum Maschinenraum.

»Das ist ein Kindskopf, der Hund,« sagte Nas, als er herauskletterte und sich die Hand mit einem Lappen abwischte.

»Der kommt nächste Woche in die Dressur. Der nützt doch so nichts. Der soll das Schiff bewachen.«

Wir saßen in der Kajüte, tranken Kaffee. Ich hatte eine Flasche Osborne mitgebracht. Nas wollte keinen Schnaps und sagte zu mir: »Du rauchst zu viel.«

»Mein schwerster Kampf?« wiederholte er meine Frage. »Ich hab mich soviel geschlagen, ich hab soviel ausgeteilt und auch eingesteckt...« Er überlegte eine Zeit lang und steckte sich jetzt auch eine Zigarette an, Lord Extra.

»Da rauch ich am Tag vielleicht zehn Stück von«, sagte er.
»Du mußt in meinem Beruf solide sein. Ich hab nie getrunken. Wenn ich nachts mit meiner Arbeit fertig war, bin ich brav allein nach Haus gegangen.« Es klang merkwürdiger Weise überzeugend und ich glaubte es. Ich kam noch einmal auf das Kämpfen zurück.

»Der schwerste Brocken, den ich hatte, das war ein Zimmermann oder ein Maurer oder sowas. Der kam aus Bayern, einsneunzig, so ein Schrank! Der hat nachts – ich glaub, das war im *Eve* – gesoffen gehabt und fing an zu randalieren. Ich kam und wollte den raustragen, aber der hat sich gewehrt. Da hab ich ausgeholt und dem eins auf die Zwölf gehauen. Aber der blieb stehen, gar nichts, keine Reaktion. Und dann fing der an. Ich glaub wir haben uns in der Nacht anderthalb Stunden gekloppt. Ich hatte nachher nur noch ein zerrissenes Unterhemd an und das war klatschnaß vor Schweiß. Den hab ich nicht besiegt gekriegt, der war wirklich stark!«

Ich fragte nach der Stärke von Tünn. »Der war stark,« sagte er, »aber wir hatten nie miteinander zu tun.«

Ich korrigierte ihn, erinnerte an den Kampf im September 1975 auf dem Kaiser-Wilhelm-Ring. Er winkte ab:

»Da war der Tünn doch schwer besoffen, da hatte der doch mindestens anderthalb Flaschen Whisky zwischen den Rippen.«

Ich rekonstruierte den Kampf von damals: Sie waren nie Feinde gewesen, hatten nie die Konfrontation gesucht. Er nickte. Es waren ihre Clans, ihre Anhänger und Freunde, die es damals wissen wollten, die wissen wollten: wer von den beiden starken Männern in Köln ist der allerstärkste? Boten wurden in jener Nacht hin und hergeschickt, so lange, bis es zu einer formellen gegenseitigen Herausforderung kam. Ein Kampfplatz war bestimmt worden. Morgens um zwei beim Bonner Verteiler sollte der Kampf stattfinden. Nas war da, Tünn kam nicht. Man suchte nach ihm und fand ihn in einem Lokal auf dem Ring. Er kam heraus, ziemlich besoffen. Ein paar Schritte neben dem Lokal, auf dem Hohenzollernring, umringt von fünfzig, sechzig Afficionados und soviel Schaulustigen, wie sich nachts um halb vier auf dem Ring noch einfinden, standen sie sich gegenüber. Hat Nas sich damals demonstrativ die Linke auf den Rücken gelegt und gesagt: »Für dich brauch ich nur eine Hand«?

Nas schüttelte den Kopf: »Ich brauchte dem tatsächlich nur eine zu geben, einen rechten Haken, da war der weg.«

»Und weiter?«

»Ich wollte schon weggehen, da kam der noch mal, obwohl der am Boden lag. Plötzlich spür ich an meinem linken Oberschenkel eine Kralle, die packte zu wie Stahl. Ich hab geschrien vor Schmerz. Das war so eine Klammer mit den Händen. So eine wahnsinnige Kraft, die der Tünn noch hatte! Ja, und da mußte ich ihm noch eine geben, und dann war er weg!«

Dem Text liegen Gespräche zugrunde, die der Autor im Jahr 1983 führte.

Peter Meisenberg bedauert, 1948 nicht in Köln, sondern in einem Ort namens Fritzdorf geboren und somit kein »richtiger Kölner« zu sein. Betont dagegen immer seit seinem 6. Lebensjahr in Köln jeden Winkel erforscht zu haben. Lieblingsecken: Der Eigelstein, wo er zur Schule ging und der Friesenwall, wo er *noch* wohnt. Denn, bei aller Liebe zur Domstadt, deren Großmannssucht und Schickeriaprotzereien gehen ihm mittlerweile gründlich auf die Nerven. Deswegen gehören die Schmuddelecken der Stadt zu seinen bevorzugten literarischen und journalistischen Arbeitsbereichen. Deswegen lebt er auch seit fünf Jahren für die Hälfte der Woche wieder auf dem Land. Die andere Wochenhälfte arbeitet er in Köln als freier Autor.

171

Bildnachweis

Köln-Krimi 1: Christoph Gottwald ›Tödlicher Klüngel‹
Paperback, 144 Seiten, ISBN 3-924491-01-1, 14,80 DM

Köln-Krimi 2: Frank Schauhoff ›Dreimal Null ist Null‹
Paperback, 152 Seiten, ISBN 3-924491-03-8, 14,80 DM

Köln-Krimi 3: Christoph Gottwald ›Lebenslänglich Pizza‹
Paperback, 142 Seiten, ISBN 3-924491-07-0, 14,80 DM

Köln-Krimi 4: Uli Tobinski ›Yellow Cab‹
Paperback, 156 Seiten, ISBN 3-924491-10-0, 14,80 DM

Köln-Krimi 5: Frank Grützbach ›Der Schwarzgeldesser‹
Paperback, ca. 200 Seiten, ISBN 3-924491-16-X, 16,80 DM

Revier-Krimi 1: Manfred Breuckmann ›Rote Karte für Pommes‹
Paperback, 150 Seiten, ISBN 3-924491-14-3, 14,80 DM

Hans Becker ›Häns – Die Geschichte eines Kölner Gangsters‹
Englische Broschur, 243 Seiten, ISBN 3-924491-04-6, 14,80 DM

Rolf Hülsebusch ›...und nebenbei war Krieg‹
geb. mit Schutzumschlag, 249 Seiten, ISBN 3-924491-13-5, 24,80 DM

Peter Meisenberg ›Geh mal zur Seite, Kleiner! –
Geschichten aus dem Halbschatten‹ – Broschur, 30 Abbildungen,
ca. 160 Seiten, ISBN 3-924491-17-8, 19,80 DM

Peter Meisenberg ›Freitags kommt der Klüttenmann –
Reportagen aus dem Kölner Alltag‹ – Broschur, 50 Abbildungen,
152 Seiten, ISBN 3-924491-06-2, 19,80 DM

›Blickwinkel Nippes – Szenen eines Stadtteils‹ –
Broschur, 200 Abb., 132 Seiten, ISBN 3-924491-18-6, 19,80 DM

Rita Wagner ›Cöln – Die sozialen Verhältnisse um 1900‹ –
Broschur, 60 Abb., ca. 130 Seiten, ISBN 3-924491-19-4, ca. 22,00 DM

Geudtner, Hengsbach, Westerkamp
›Ich bin katholisch getauft und Arier – Aus der Geschichte eines
Kölner Gymnasiums‹ – Engl. Broschur, 60 Abbildungen, 256 Seiten,
ISBN 3-924491-05-4, 28,00 DM

Jupp Emons, Thom Maier (Hg.)
›Köln zwischen Himmel un Ääd 2‹ – Broschur, 43 Abbildungen,
256 Seiten, ISBN 3-924491-09-7, 19,80 DM

Köln-Krimi 4: ›Yellow Cab‹ auf Tonbandcassette, 135 Minuten,
2 Cassetten im Schuber, ISBN 3-924491-12-7, 19,80 DM